m

阅读之前 没有真相

午 夜 文 库

阿加莎·克里斯蒂
侦探小说

阿加莎·克里斯蒂
Agatha Christie (1890—1976)

无可争议的侦探小说女王，侦探文学史上最伟大的作家之一。

阿加莎·克里斯蒂原名为阿加莎·玛丽·克拉丽莎·米勒，一八九〇年九月十五日生于英国德文郡托基的阿什菲尔德宅邸。她几乎没有接受过正规的教育，但酷爱阅读，尤其痴迷于歇洛克·福尔摩斯的故事。

第一次世界大战期间，阿加莎·克里斯蒂成了一名志愿者。战争结束后，她创作了自己的第一部侦探小说《斯泰尔斯庄园奇案》。几经周折，作品于一九二〇年正式出版，由此开启了克里斯蒂辉煌的创作生涯。一九二六年，《罗杰疑案》由哈珀柯林斯出版公司出版。这部作品一举奠定了阿加莎·克里斯蒂在侦探文学领域不可撼动的地位。之后，她又陆续出版了《东方快车谋杀案》《ABC谋杀案》《尼罗河上的惨案》《无人生还》《阳光下的罪恶》等脍炙人口的作品。时至今日，这些作品依然是世界侦探文学宝库里最宝贵的财富。根据她的小说改编而成的舞台剧《捕鼠器》，已经成为世界上公演场次最多的剧目；而在影视改编方面，《东方快车谋杀案》为英格丽·褒曼斩获奥斯卡大奖，《尼罗河上的惨案》更是成为几代人心目中的经典。

阿加莎·克里斯蒂的创作生涯持续了五十余年，总共创作了八十余部侦探小说。她的作品畅销全世界一百多个国家和地区，累计销量已经突破二十亿册。她创造的小胡子侦探波洛和老处女侦探马普尔小姐为读者津津乐道。阿加莎·克里斯蒂是柯南·道尔之后最伟大的侦探小说作家，是侦探文学黄金时代的开创者和集大成者。一九七一年，英国女王授予克里斯蒂爵士称号，以表彰其不朽的贡献。

一九七六年一月十二日，阿加莎·克里斯蒂逝世于英国牛津郡沃灵福德家中，被安葬于牛津郡的圣玛丽教堂墓园，享年八十五岁。

阿加莎·克里斯蒂 侦探作品年表

波洛系列

1920　The Mysterious Affair at Styles《斯泰尔斯庄园奇案》
1923　Murder on the Links《高尔夫球场命案》
1924　Poirot Investigates《首相绑架案》
1926　The Murder of Roger Ackroyd《罗杰疑案》
1927　The Big Four《四魔头》
1928　The Mystery of the Blue Train《蓝色列车之谜》
1932　Peril at End House《悬崖山庄奇案》
1933　Lord Edgware Dies《人性记录》
1934　Murder on the Orient Express《东方快车谋杀案》
1935　Three-Act Tragedy《三幕悲剧》
1935　Death in the Clouds《云中命案》
1936　The ABC Murders《ABC谋杀案》
1936　Murder in Mesopotamia《古墓之谜》
1936　Cards on the Table《底牌》
1937　Dumb Witness《沉默的证人》
1937　Death on the Nile《尼罗河上的惨案》
1937　Murder in the Mews《幽巷谋杀案》
1938　Appointment with Death《死亡约会》
1938　Hercule Poirot's Christmas《波洛圣诞探案记》
1940　Sad Cypress《H庄园的午餐》
1940　One, Two, Buckle My Shoe《牙医谋杀案》
1941　Evil Under the Sun《阳光下的罪恶》
1943　Five Little Pigs《五只小猪》
1946　The Hollow《空幻之屋》
1947　The Labours of Hercules《赫尔克里·波洛的丰功伟绩》
1948　Taken at the Flood《顺水推舟》
1952　Mrs. McGinty's Dead《清洁女工之死》
1953　After the Funeral《葬礼之后》
1955　Hickory Dickory Dock《山核桃大街谋杀案》
1956　Dead Man's Folly《弄假成真》
1959　Cat Among the Pigeons《鸽群中的猫》
1960　The Adventure of the Christmas Pudding《雪地上的女尸》

阿加莎·克里斯蒂 侦探作品年表

1963　The Clocks《怪钟疑案》
1966　Third Girl《第三个女郎》
1969　Hallowe'en Party《万圣节前夜的谋杀》
1972　Elephants Can Remember《大象的证词》
1974　Poirot's Early Stories《蒙面女人》
1975　Curtain—Poirot's Last Case《帷幕》

马普尔小姐系列

1930　The Murder at the Vicarage《寓所谜案》
1932　The Thirteen Problems《死亡草》
1942　The Body in the Library《藏书室女尸之谜》
1943　The Moving Finger《魔手》
1950　A Murder Is Announced《谋杀启事》
1952　They Do It with Mirrors《借镜杀人》
1953　A Pocket Full of Rye《黑麦奇案》
1957　4.50 from Paddington《命案目睹记》
1062　The Mirror Crack'd from Side to side《破镜谋杀案》
1964　A Caribbean Mystery《加勒比海之谜》
1965　At Bertram's Hotel《伯特伦旅馆》
1971　Nemesis《复仇女神》
1976　Sleeping Murder《沉睡谋杀案》
1979　Miss Marple's Final Cases《马普尔小姐最后的案件》

其他系列及非系列

1922　The Secret Adversary《暗藏杀机》
1924　The Man in the Brown Suit《褐衣男子》
1925　The Secret of Chimneys《烟囱别墅之谜》
1929　Partners in Crime《犯罪团伙》
1929　The Seven Dials Mystery《七面钟之谜》
1930　The Mysterious Mr. Quin《神秘的奎因先生》
1931　The Sittaford Mystery《斯塔福特疑案》
1933　The Witness for the Prosecution and Other Stories《控方证人》
1934　Why Didn't They Ask Evans?《悬崖上的谋杀》

阿加莎·克里斯蒂 侦探作品年表

1934	The Listerdale Mystery《金色的机遇》
1934	Parker Pyne Investigates《惊险的浪漫》
1939	Murder Is Easy《逆我者亡》
1939	And Then There Were None《无人生还》
1941	N or M?《桑苏西来客》
1944	Towards Zero《零点》
1945	Sparkling Cyanide《闪光的氰化物》
1945	Death Comes as the End《死亡终局》
1949	Crooked House《怪屋》
1950	Three Blind Mice and Other Stories《三只瞎老鼠》
1951	They Came to Baghdad《他们来到巴格达》
1954	Destination Unknown《地狱之旅》
1958	Ordeal by Innocence《奉命谋杀》
1961	The Pale Horse《灰马酒店》
1967	Endless Night《长夜》
1968	By the Pricking of My Thumbs《煦阳岭的疑云》
1970	Passenger to Frankfurt《天涯过客》
1973	Postern of Fate《命运之门》
1991	Problem at Pollensa Bay《神秘的第三者》
1997	While the Light Lasts《灯火阑珊》

出版前言

纵观世界侦探文学一百七十余年的历史，如果说有谁已经超脱了这一类型文学的类型化束缚，恐怕我们只能想起两个名字——一个是虚构的人物歇洛克·福尔摩斯，而另一个便是真实的作家阿加莎·克里斯蒂。

阿加莎·克里斯蒂以她个人独特的魅力创造着侦探文学史上无数的传奇：她的创作生涯长达五十余年，一生撰写了八十余部侦探小说；她开创了侦探小说史上最著名的"黄金时代"；她让阅读从贵族走入家庭，渗透到每个人的生活中；她的作品被翻译成一百多种文字，畅销全球一百五十个国家，作品销量与《圣经》《莎士比亚戏剧集》同列世界畅销书前三名；她的《罗杰疑案》《无人生还》《东方快车谋杀案》《尼罗河上的惨案》都是侦探小说史上的经典，她是侦探小说女王，因在侦探小说领域的独特贡献而被册封为爵士；她是侦探小说的符号和象征。她本身就是传奇。沏一杯红茶，配一张躺椅，在暖暖的阳光下读阿加莎的小说是一种生活方式，是惬意的享受，也是一种态度。

午夜文库成立之初就试图引进阿加莎的作品，但几次都与版权擦肩而过。随着午夜文库的专业化和影响力日益增强，阿加莎·克里斯蒂的版权继承人和哈珀柯林斯出版公司主动要求将版权独家授予新星出版社,并将阿加莎系列侦探小说并入午夜文库。这是对我们长期以来执着于侦探小说出版的褒奖,是对我们的信任与鼓励,更是一种压力和责任。

新版阿加莎·克里斯蒂作品由专业的侦探小说翻译家以最权威的英文版本为底本,全新翻译,并加入双语作品年表和阿加莎·克里斯蒂家族独家授权的照片、手稿等资料,力求全景展现"侦探女王"的风采与魅力。使读者不仅欣赏到作家的巧妙构思、离奇桥段和睿智语言,而且能体味到浓郁的英伦风情。

阿加莎作品的出版是一项系统工程,规模庞大,我们将努力使之臻于完美。或存在疏漏之处,欢迎方家指正。

新星出版社
午夜文库编辑部

Agatha Christie

Over the next few years, we plan to celebrate two very important Agatha Christie anniversaries. In 2015, it is the 125th anniversary of her birth in Torquay, South Devon, England, and in 2020 it will be 100 years after her first book, THE MYSTERIOUS AFFAIR AT STYLES, featuring her famous detective, Hercule Poirot, was published. This is therefore a very appropriate moment to publish a new edition of her works, and I am delighted that HarperCollins has chosen to work with New Star on these new editions. New Star is China's top crime publisher, and has a strong and dedicated editorial staff and a continued passion for Agatha Christie, making them the ideal partner. It is the right time to make these classic books available in modern translations and so to bring Agatha Christie's books anew to her many fans in China, giving them a new reason to re-read these much-loved stories, as well as introducing them to a whole new audience. How delighted Agatha Christie would have been that her stories (as she called them) are still giving so much pleasure to so many people all over the world!

I think there are two very remarkable things about Agatha Christie's stories. The first is that they are so adaptable. It doesn't really matter which language they appear in, the stories and the plots still give the same thrill, still provide the same puzzles, and the characters still have the same attraction. Readers in China will I am sure enjoy Hercule Poirot and Miss Marple just as much as we do in England, and readers in China will still be transfixed by the surprises and horrors of AND THEN THERE WERE NONE, one of the great classics of 20th century detective fiction, as we are here.

Agatha Christie

The second is that the stories give a wonderful picture of England, particularly rural England, at the time Agatha Christie lived. She wrote books from 1920 until 1970 but it is sometimes hard to tell which part of her life each book was written in. Her characters and the life they lived were very much the same. The life we all live is changing very quickly these days but the Agatha Christie world stays the same. Perhaps the Miss Marple stories provide the best example of this, and in some ways THE BODY IN THE LIBRARY and NEMESIS are quite similar, despite the fact that thirty years elapsed between the time they were written.

Perhaps I might end by mentioning three Agatha Christies (other than the ones mentioned above) which I think demonstrate why she is so popular, even in the twenty-first century. The first is MURDER ON THE ORIENT EXPRESS, one of the most famous with one of the most ingenious and human plots. Read this on one of your long train journeys in China! Next is A MURDER IS ANNOUNCED, a Miss Marple which was her 50th book. It has my favourite murderer in it! And last is ENDLESS NIGHT, a story about evil and how it affects three young people, written at the time when I knew her best, and understood how deeply she cared and sympathised with young people and the world they lived in.

Whichever are your favourites I hope you enjoy these stories that New Star are introducing to you again. I think it is a great publishing event.

Mathew Prichard
Grandson of Agatha Christie
Chairman of Agatha Christie Ltd

致中国读者

(午夜文库版阿加莎·克里斯蒂作品集序)

在未来的几年中,我们将要筹备两个非常重要的关于阿加莎·克里斯蒂的纪念日。二〇一五年是她的一百二十五岁生日——她于一八九〇年出生于英国的托基市;二〇二〇年则是她的处女作《斯泰尔斯庄园奇案》问世一百周年的日子,她笔下最著名的侦探赫尔克里·波洛就是在这本书中首次登场。因此,新星出版社为中国读者们推出全新版本的克里斯蒂作品正是恰逢其时,而且我很高兴哈珀柯林斯选择了新星来出版这一全新版本。新星出版社是中国最好的侦探小说出版机构,拥有强大而且专业的编辑团队,并且对阿加莎·克里斯蒂的作品极有热情,这使得他们成为我们最理想的合作伙伴。如今正是一个良机,可以将这些经典作品重新翻译为更现代、更权威的版本,带给她的中国书迷,让大家有理由重温这些备受喜爱的故事,同时也可以将它们介绍给新的读者。如果阿加莎·克里斯蒂知道她的小故事们(她这样称呼自己的这些作品)仍然能给世界上这么多人带来如此巨大的阅读享受,该有多么高兴啊!

我认为阿加莎·克里斯蒂的作品有两个非常重要的特征。首先它们是非常易于理解的。无论以哪种语言呈现,故事和情节都同样惊险刺激,呈现给读者的谜团都同样精彩,而书中人物的魅力也丝毫不受影响。我完全可以肯定,中国的读者能够像我们英国人一样充分享受赫尔克里·波洛和马普尔小姐带来的乐趣;中国读者也会和我们一样，读到二十世纪最伟大的侦探经典作品——比如《无人生还》——的时候，被震惊和恐惧牢牢钉在原地。

第二个特征是这些故事给我们展开了一幅英格兰的精彩画卷，特别是阿加莎·克里斯蒂那个年代的英国乡村。她的作品写于二十世纪二十年代至七十年代间，不过有时候很难说清楚每一本书是在她人生中的哪一段日子里写下的。她笔下的人物，以及他们的生活，多多少少都有些相似。如今，我们的生活瞬息万变，但"阿加莎·克里斯蒂的世界"依旧永恒。也许马普尔小姐的故事提供了最好的范例：《藏书室女尸之谜》与《复仇女神》看起来颇为相似，但实际上它们的创作年代竟然相差了三十年。

最后，我想提三本书，在我心目中（除了上面提过的几本之外）这几本最能说明克里斯蒂为什么能够一直受到大家的喜爱。首先是《东方快车谋杀案》，最著名，也是最机智巧妙、最有人性的一本。当你在中国乘火车长途旅行时，不妨拿出来读读吧！第二本是《谋杀启事》，一个马普尔小姐系列的故事，也是克里斯蒂的第五十本著作。这本书里的诡计是我个人最喜欢的。最后是《长夜》，一个关于邪恶如何影响三个年轻人生活的故事。这本书的写作时间正是我最了解她的时候。我能体会到她对年轻人以及他们生活的世界关心至深。

现在新星出版社重新将这些故事奉献给了读者。无论你最爱的是哪一本，我都希望你能感受到这份快乐。我相信这是出版界的一件盛事。

阿加莎·克里斯蒂外孙
阿加莎·克里斯蒂有限责任公司董事长
马修·普理查德
二〇一三年二月二十日

阿加莎·克里斯蒂侦探小说全集⑬

天涯过客
Passenger to Frankfurt

[英]阿加莎·克里斯蒂 著
谢媛媛 译

新 星 出 版 社　NEW STAR PRESS

献给玛格丽特·纪尧姆

目 录

1	引 言
	第一部 中断的旅程
9	第一章　天涯过客
20	第二章　伦敦
29	第三章　洗衣店的伙计
40	第四章　与埃里克共进晚餐
53	第五章　瓦格纳主旋律
60	第六章　一位贵妇人的画像
70	第七章　玛蒂尔达姑婆的忠告
77	第八章　使馆晚宴
90	第九章　戈德尔明郊外的房子
	第二部 探寻齐格弗里德
109	第十章　修洛斯的女人
128	第十一章　青年才俊
136	第十二章　弄臣

目 录

第三部 国内国外

- 145　第十三章　巴黎会议
- 151　第十四章　伦敦会议
- 164　第十五章　玛蒂尔达姑婆的疗养之旅
- 177　第十六章　派克威的讲话
- 182　第十七章　海因里希·斯皮斯先生
- 196　第十八章　派克威的后话
- 199　第十九章　斯塔福德·奈伊爵士的客人
- 207　第二十章　上将探访老友
- 218　第二十一章　本沃计划
- 221　第二十二章　胡安妮塔
- 226　第二十三章　苏格兰之行

- 244　后　记

"领导力,作为一种伟大的创造力,也可能是邪恶的……"

——扬·史末资[①]

[①] 扬·史末资(Jan Smuts, 1870—1950),南非政治家、军事将领,曾两次担任南非总理。

引　言

作者说：

人们总喜欢当面或写信问作者：

"你是从哪里得到的这些灵感？"

对此，我总是忍不住想说"我常常去哈罗德①"，或者"这些灵感大部分来自陆海军百货商店②"，或者，我会兴致勃勃地告诉他，"去试试玛莎③吧"！

人们似乎总是认为小说的作者们可以从某个神奇的地方获得创作的灵感，并加以利用。

我们很难把这些提问者送回到伊丽莎白时期，用莎士比亚的话说：

> 告诉我，这幻想生于何方？
> 是脑海，还是心房？
> 它是如何发生，如何生长？

---

①哈罗德（Harrods），伦敦一家历史悠久的知名百货店。
②陆海军百货商店（Army & Navy Stores），最早由一群陆海军军官筹建，采取会员制，只对高级军官和军官遗孀开放，后期逐渐对广大民众开放，一九七六年被另一家百货公司House of Fraser收购。
③玛莎（Marks and Spencer），一家成立于一八八四年的英国百货商店。

回答我，给我答案。①

如果是这样，我会坚定地回答："是我自己的想象。"

但这似乎等于没说。如果你喜欢提问者那一脸认真的表情，不妨好心地为他讲一讲。

"当你发现某个有趣的想法，而且认为自己可以将它发挥一下的话，那就摆弄摆弄它，跟它做做游戏，为其添枝加叶，理一理，逐渐使之成为一个故事。或者，你可以小心翼翼地把它储存起来，也许一两年以后会用得着。"

然后，人们会接着问——确切地说，是一种说法，那就是："我猜大部分角色都是你从现实生活中得来的吧？"

这时，我会愤愤不平地否定这种奇怪的想法。

"不，当然不是。这些都是我自己创造出来的。他们是属于我的，是我笔下的角色——我让他们怎么样，他们就得怎么样，我想让他们是什么样子，他们就得是什么样子——是我给了他们生命。有时他们会有自己的想法，但那也仅仅因为是我让他们变得真实起来。"

因此，是作者创造了这些灵感，以及这些人物角色。不过现在我们得说说第三个必需品——背景。前两者都源自作者内心的想法，但是第三个来自外界——它必须存在于某个地方，等待着。这是我们不能创造的——是现成的——是真实的。

我曾经搭乘尼罗河上的邮轮，并记住了整个游览过程，但只有这个背景是我的故事所需要的。还有，我曾经在切尔西的一家咖啡馆里用餐，碰到有人吵架——其中一个女孩子抓住另外一

---

① 出自莎士比亚作品《威尼斯商人》。

个女孩子的头发撕扯。于是这个场景成为我下一部小说的精彩开头。还有,我曾搭乘东方快车,当时我就想,如果让这列快车成为一部小说情节的发生地,该是多么有趣啊!还有一次,我和一位朋友去喝茶,在我到那儿的时候,朋友的哥哥合上手中的书,把它放到一边,说道:"不错,不过他们为什么不问问伊文思呢?"

于是,我马上想到一本正在构思的小说,决定书名就叫做《他们为什么不问问伊文思?》[①]。

其实,我当时还不知道这个伊文思将会是一个什么样的角色。不过没关系,伊文思到出现的时候自然会出现——书名都已经为此设定好了。

因此,从某种角度而言,背景并不是我们创造出来的,它们来自外部世界,存在于我们的身边——而我们需要做的只是伸出手,从中挑选出适合自己的。一个火车站、一家医院、伦敦的一家酒店、加勒比海的某片沙滩、一个乡村、一个鸡尾酒会、一所女子学校等等。

但是你得遵循一个原则——它们必须是现实中存在的。真实的人,真实的地点。一个在时间和空间上确定的地点。如果是现在的某个地方,除了你自己的所见所闻,你又是怎样得知关于它的所有信息的呢?答案再简单不过了。

这就是媒体每天带给我们的东西,每天的晨报把各种新闻送到我们眼前。看看头版我们就知道了。今天世界上又发生了什么大事?人们在说些什么?想些什么?做些什么?举着镜子,看看英国二十世纪七十年代的报纸,它们都在那里。

[①] 此处提到的这部阿加莎作品首次出版于一九三四年,中文版译名为《悬崖上的谋杀》。

每天关注一下报纸的头版，就这样持续一个月，做做笔记，思考一番，然后分分类。

每天都有人被杀。

有个姑娘被人勒死了。

有个老妇人被人袭击，歹徒抢走了她少得可怜的积蓄。

打架斗殴的年轻人或者男孩。

商店或者电话亭被人破坏和抢劫。

毒品走私。

抢劫和袭击事件。

失踪儿童，被害儿童的尸体在其住所不远处被发现。

这是英国吗？这真的是英国吗？人们可能会觉得——不——英国还不是这个样子，但是以后可能会这样。

人们开始感到恐惧——害怕可能会发生的事。倒不是因为这些事已经发生了，而是因为可能导致其发生的原因。有一些是已知的，有一些是未知的，但可以被察觉。而且这些不仅发生在我们的国家。其他版面上还有较短的篇幅，介绍来自欧洲、亚洲、美洲以及全世界的消息。

劫机。

绑架。

暴动。

骚乱。

仇恨。

无政府主义——都愈演愈烈。

这一切似乎都将社会引向对破坏的顶礼膜拜和以残酷为乐。

这一切意味着什么？关于人生，一个声音从遥远的伊丽莎白时期飘来，向我们缓缓说道

(人生)就是一个傻瓜讲的故事,

充满了喧嚣和躁动,

却没有丝毫意义。①

但是,我们知道,我们的世界还有好的一面——人们之间的友善,善良的心地,对别人的同情,邻里间的和睦,男孩与女孩之间的相互扶助。

既然这样,那么报纸上那些每天发生的事情又怎么会成为现实呢?

要在一九七〇年写一部具有现实意义的小说,你必须考虑到当时的社会背景。如果当时的背景是离奇的,那你的故事也必须如此。故事的背景必须包含真实生活中这些离奇的现实。

那么,我们能为此找出一个原因吗?一场秘密的权力运动?对破坏的狂热能够创造一个新的世界吗?我们能不能再进一步,通过这些离奇的、听上去让人难以置信的事件,推断出其背后的真正目的?

没有什么是不可能的,科学已经为我们证实了这一点。

这个故事归根结底只是一种想象,并且装作仅此而已。

但是故事中的很多事就发生在我们身边,或者可能会在不远的未来,发生在世界上的某个地方。

这并非一个不可能发生的故事——只是有点儿离奇罢了。

---

① 出自莎士比亚《麦克白》。

第一部　中断的旅程

第一章　天涯过客

1

"请各位乘客系好安全带!"

形形色色的旅客慢吞吞地挪动着,他们知道现在还不可能抵达日内瓦,一些昏昏欲睡的旅客呻吟着,伸着懒腰,而有些睡着的乘客则被乘务小姐动作轻柔、态度果断地扶起来,坐直了身子。

"请系上安全带!"

干涩的声音透过天朗扩音器,用德、法、英语解释着:飞机即将受到一小股气流的影响。斯塔福德·奈伊爵士张口打了个大哈欠,然后伸了个懒腰,坐起来。他正幸福地梦着自己在英国钓鱼呢。

奈伊爵士四十五岁,中等身材,橄榄色的脸光溜溜的,胡子刮得很干净。然而,他总是喜欢把自己打扮得十分另类。卓越的家庭出身使他的怪异带着那么点儿潇洒不羁的气质。而如果他的装扮哪天吓到了他那些衣冠楚楚的同事,那只会让他引以为乐。他像那些十八世纪的纨绔子弟一样,喜欢被人关注。

每次旅行,他必带上那件在科西嘉岛买的连帽海盗式斗篷。斗篷呈深蓝色,配有猩红色的衬里和一个垂在背后的大帽子,随时可以罩在头上,为他挡风遮雨。

斯塔福德·奈伊爵士在外交界的表现令人失望。尽管年轻时他就显示出了在重大事件上的卓越天赋,却偏偏辜负了人们对他寄予的种种厚望。每当他需要做出重大决定的时候,那种邪恶而诡异的幽默感就会跑出来作祟。而每到这种时候,他就会发现,与其无聊下去,还不如放纵自己的小小恶作剧。他是个人尽皆知的人物,但从来都没达到声名卓著的程度。人们觉得,斯塔福德·奈伊虽然聪明绝顶,却不太可靠,而且可能永远不会成为一个可靠的人。在如今这样一个错综复杂的政治和外交局势下,特别是作为一国大使的人选,可靠比聪明更重要。于是,他便被束之高阁,偶尔被委派一些需要耍小诡计的任务,但都是不太重要或者不能公开的。有些时候,记者会把他称为外交界的一匹黑马。

没有人知道斯塔福德爵士是否在意事业上的不得志。这一点,恐怕连他自己也没有答案。他有点儿虚荣,可又十分享受时不时搞点儿恶作剧的乐趣。

他刚刚结束在马来亚的一次调查任务,目前正在归国途中。这件事真是无聊透了。在他看来,他的那些同事已经事先下了结论,他们去看了,也听了,但他们的所见所闻并没有改变已有的看法。斯塔福德爵士也说了几句无关痛痒的话,但不管怎样,事情还算有些起色。他真希望能有其他方式来做这些事。代表团的其他同事人都挺好,值得信赖,然而却无聊至极。就连其中唯一的女性纳撒尼尔·艾琪夫人也一样,平时她可是出了名的想法很多,可是一旦涉及明明白白的事实,她绝不是傻瓜。她看了,听了,并且行事稳妥。

上次他到巴尔干开会,就曾见过艾琪夫人。就是那次,他没能克制住自己,说出了一些有趣的建议。绯闻期刊《内部消息》转弯抹角地暗示,斯塔福德·奈伊爵士来巴尔干的用意,与巴尔干问题有着密切的联系,而他的任务则是个精心隐藏的秘密。一个所谓的朋友把这份杂志寄给他,并标出了相关段落。斯塔福德爵士一点儿也不吃惊。他饶有兴趣地读着这篇报道。他觉得,媒体对这件事的报道与事实南辕北辙,真是太有意思了。其实他去索菲亚的目的,完全是因为自己对稀有野生花卉无可厚非的兴趣,以及老朋友露西·克莱格霍恩夫人的紧急招呼。她是一个为了那些罕见的花卉不惧奔波、不知疲倦的人。不管什么时候,只要发现某种小野花,她都会爬上石崖,或者快乐地跳进泥塘。那些植物的拉丁名字的长度,跟植株的实际长短简直有天壤之别。当他发现报道有误的时候,他们这群植物爱好者已经在山上寻找十天了,他开始对那些野花有那么一点点——只是一点点——厌倦了。虽然他很喜欢亲爱的露西,可是有时候看着六十多岁的她以最快的速度奔上山顶,轻轻松松地把他甩在后面,他的确有些气不过。露西那裹在明亮的品蓝色裤子里的臀部总是在他面前晃来晃去,虽然她身上的其他部位简直可以说是骨瘦如柴,但品蓝色的灯芯绒裤子让她在阳光下看上去实在太肥硕了。他本以为这次旅行会很轻松,动动手指,到处玩玩而已……

机舱里,那个铿锵的声音又从扩音器里传出来,告诉乘客们:由于日内瓦出现浓雾,飞机将转向法兰克福机场,然后再从那里飞往伦敦。航空公司将会尽快安排去往日内瓦的旅客在法兰克福转乘另一个航班。对于斯塔福德·奈伊爵士来说,这没什么区别,假若伦敦也有雾的话,他们也许会安排另一个航班,把人们载到普莱斯维奇①去呢!他已经去过那里一两次了。在他看来,生活和空中旅行真是无聊透顶,除非……他琢磨着,除非什么呢?

2

法兰克福的候机室非常暖和,他敞开斗篷,让它搭垂在自己的肩头,露出深红色的衬里。他一边喝啤酒,一边有意无意地听着各种通告。

"第四三八七次航班,即将飞往莫斯科……飞往埃及和加尔各答的二三八一次航班……"

现在人们可以周游全世界了。这该是件多么浪漫的事呀!然而机场候机室里的某种气氛扼杀了这种浪漫。这里挤满了人,挤满了商品,挤满了各种颜色相近的坐椅,挤满了各种塑料制品,挤满了人类,挤满了吵闹的孩子。他想不起这两句诗是谁作的:

但愿我能爱上人类,
但愿我能喜爱那脸上的愚昧。

好像是柴斯特顿②吧?他说得太对了。这么多人聚集在一起,看上去又没什么两样,实在是件让人难以忍受的事情。如果这时能有张漂亮的小脸蛋,那该是多么与众不同啊,斯塔福德爵士心想。他审视着两个年轻女孩,精致的妆容,短短的迷你裙,这是英国大街上到处可见的着装风格。还有一个女孩的妆容更胜

---

① 英格兰北部曼城的一个镇子。
② 柴斯特顿,十九世纪末、二十世纪初英国记者、小说家、诗人及文学评论家。

一筹,事实上长得还挺好看,她穿着一身连衣裙裤,算是比较时髦的那类女孩。

他对相貌相似的漂亮女孩并没有太大兴趣,相反,他更喜欢与众不同的。这时,一个女人在人造革长沙发上挨着他坐下来,她的脸立刻吸引了他的注意。这倒不是因为她有多么与众不同,而是有点儿面熟。虽然想不起来具体的时间和地点,但他确信以前曾经见过她。她大约二十五六岁,鼻梁细巧而高挺,一头浓密的及肩黑发。她手上拿着一本杂志,却没有翻看,事实上,她正近乎急切地盯着他瞧。突然她开口了,声音低沉得像个男人,还带一丝外国口音。

"可不可以跟您说几句话?"

回答前,他仔细地打量了她一番。不,这并不是人们想象中的那种不正经的女人,她应该有别的事情。

"为什么不呢?"他说,"我们这会儿又没什么事做。"

"都是大雾害的,"她说,"日内瓦有雾,伦敦可能也有,到处都是雾。我真不知道该怎么办。"

"哦,不用担心,"他安慰道,"航空公司一定会让你在某个地方安全着陆的。你要知道,他们还是很有效率的,你要到哪里去?"

"日内瓦。"

"哦,我相信你最终会抵达的。"

"我需要马上到那里。到了日内瓦我就安全了。那边会有人来接我。"

"安全?"他微微一笑。

她说:"是的,安全。虽然现在人们只关心爱情,但是安全也很重要,对我来说很重要。"接着她又说,"听着,如果我到不了日内瓦,而是在这里下飞机,或者随着这班飞机到伦敦,却又没有任何妥善安排,我会被干掉的。"她急切地盯着他,"你不相信我的话?"

"恐怕这让人难以置信。"

"这是真的,每天都有人被干掉。"

"谁要杀你?"

"这有关系吗?"

"跟我是没有关系。"

"信不信由你。我说的都是事实。我需要人帮忙,帮我安全抵达伦敦。"

"为什么让我帮你?"

"因为我觉得你了解死亡,你了解,而且还可能亲眼目睹过死亡。"

他直直地盯着她,然后将视线移开。

"还有别的原因吗?"

"有,这个。"她伸出橄榄色的纤纤细手,碰了一下那件宽大的斗篷,"这个。"她说。

他的兴趣这才被挑起来。

"你说'这个'是什么意思?"

"这件斗篷很少见,而且很有个性,跟普通人穿的不一样。"

"这话倒是真的,它可以说是我的至爱。"

"你的至爱可以帮我。"

"什么意思?"

"我想求你件事,也许你会拒绝。可是,你若是我想象的那种富有冒险精神的男子汉,你就不会拒绝。我也是一个喜爱冒险的女人。"

"我倒想听听你的计划。"他微笑着说。

"我想借你的斗篷穿,还想借你的护照和机票一用。大约再过二十分钟,去往伦敦的飞机就要登机了,我将拿着你的护照,穿着你的斗篷,然后登上前往伦敦的航班,安全抵达那里。"

"你是说,你想假扮成我蒙混过去?是这样吗,我亲爱的小姐?"

她打开手包,取出一面小镜子。

"看,"她说道,"看看我,再看看你自己。"

镜中那张脸使他恍然明白,刚才那似曾相识的感觉是怎么回事。帕米拉,他那个二十年前去世的姐姐。他和帕米拉一直长得很像,她的脸略显男性化,而他的脸在年轻的时候颇有些女性特征。他们都是高鼻梁、挑眉,以及略带笑容的嘴唇。帕米拉很高,有五英尺八英寸,而他自己是五英尺十英寸。他看着眼前这个给他镜子的女人。

"你的意思是说我们的相貌很相似,是不是?可是,亲爱的小姐,这根本骗不过任何认识你我的人呀!"

"当然骗不过。你不明白吗?我们用不着去骗他们。我刚好穿着宽松的衣服,而你一路上一直戴着斗篷上的帽子。我只需把头发剪掉,然后找块报纸裹起来扔到垃圾箱里就可以了。然后我就穿上你的斗篷,拿上你的护照、机票和登机牌。除非这班飞机上有人认识你,事实上我并不这样认为,否则他们早就跟你说话了。这样一来,我就可以以你的身份安全地上路。我只需在必要的时候出示你的护照,穿着你的斗篷,戴着帽子,只露出眼睛、鼻子和嘴。飞机一着陆,我就能安全地出机场,没有人知道我是蒙混过关的。我就可以安全地走出机场,消失在伦敦的人潮里。"

"那我怎么办?"斯塔福德爵士嘴角挂着一丝微笑。

"只要你有胆量去试,我有个提议。"

"说吧,我很善于听取别人的建议!"

"你从位子上站起来,去买本杂志或一份报纸,或者去礼品店买件礼物,就把斗篷搭在位子上。买完东西,你就坐到别的地方去——比如对面那排椅子的一头。到时候,你的面前会有一杯啤酒,就是原来这杯,只不过杯子里放了一点儿让你睡觉的东西,你就会在那个安静的角落里睡上一觉。"

"然后呢?"

"你就会被当做一宗盗窃案的受害人,"她说,"有人在你的酒里加了几滴迷药,偷走了你的钱包,就像这样。然后你去报警,说你的护照等物品被盗了。找回身份对你而言是件再容易不过的事情。"

"你知道我是谁吗?我是说我的名字?"

"还不知道,"她说,"我还没有看到你的护照,当然不知道你是谁。"

"那你凭什么说我能轻易找回自己的身份?"

"我看人很准的,一眼就能认出一个人是否重要。而你肯定是一个很有地位的人。"

"那我为什么要这么做?"

"搭救一个人类同胞的性命啊!"

"这听上去太奇怪了。"

"哦,是的。这不太容易让人相信。你信吗?"

他若有所思地看着她。"你知道你的口气听上去像什么吗?一个恐怖小说中的漂亮女间谍!"

"也许吧,但我并不漂亮。"

"你不是间谍?"

"也许可以这么讲，我掌握了某些资料，一些机密资料。相信我，这些东西可是对贵国很有价值。"

"你不觉得你的行为有些荒唐吗？"

"的确，如果把它落实在文字上，看上去的确不太正常。可是，很多看似荒唐的事都是真实的，不是吗？"

他又看了看她。她长得的确很像帕米拉，她的声音虽然带着些微外国口音，但仍然很像帕米拉。她的提议既荒唐又可笑，不但行不通，对他而言还可能很危险。可不幸的是，偏偏就是这份危险吸引了他。真佩服她居然有胆量向他提出这种建议！可结果会怎样呢？这该是一次多么有趣的探险啊！

"我想知道这对我有什么好处呢？"他说。

她看着他，思考着这个问题。"消遣，"她说，"一点儿不寻常的经历，就算是无聊日子的一剂解药吧。我们才刚刚认识，你自己决定吧！"

"那你的护照怎么办？难道要我去弄顶假发扮成女人？如果他们有假发卖的话。"

"不必，我们不需要交换身份。你被下了药，东西被盗，可是你还是你自己。快决定吧，时间不多了，我还得去打扮一下呢！"

"好吧，你赢了。"他说，"我们应该勇于接受不寻常的事物。"

"但愿你真的这么想，可成功率只有百分之五十。"

斯塔福德·奈伊从口袋里掏出护照，放进之前一直穿着的那件斗篷的口袋中。然后他站起身，伸了个懒腰，四处张望一下，看看手表，最后头也不回地朝商店的柜台走过去。他买了一本平装书，在一堆适合作为儿童礼物的毛绒玩具里挑出一只熊猫玩具。他朝候机室张望了一下,然后回到原来的座位上。斗篷和那位小姐都不见了,半杯啤酒还在桌上。冒险就要从这杯啤酒开始了,他心想。他拿起杯子,走开几步,喝了下去。他没有一口将它喝下去,而是慢慢地品尝着,他觉得味道和之前并没有什么不同。

"然后呢?"斯塔福德自言自语道,"然后呢?"

他穿过候机室,来到一个偏僻的角落。一家人正坐在那儿,有说有笑地聊天。他在他们旁边坐下,打了个哈欠,头向后靠在椅背上。广播里开始通知前往德黑兰的旅客准备登机。很多乘客站起身,走到指定的登机门前排队。候机室里仍然有一半乘客。他打开买来的书,又打了一个哈欠,这会儿他真的困了,嗯,很困……得找一个地方……睡觉……

环欧航空广播通知飞往伦敦的三〇九次班机开始登机。

3

一群乘客听到广播后站起身,此时,候机室里又多了很多需要转机搭乘其他航班的乘客。广播里播放着日内瓦有雾以及其他不利于旅行的消息。一个瘦削、中等身材的男人走到队列里,他披着一件红色衬里的深蓝色斗篷,戴着帽子,头上的短发并不比很多年轻人的头发杂乱多少。出示登机牌后,他顺利通过九号闸门。

广播里传来更多的通告:飞往苏黎世的瑞士航班,飞往雅典与塞浦路斯的比利时航班——然后是一则不同的插播。

"请前往日内瓦的达夫妮·席尔朵凡纳斯小姐前往航班柜台。因为大雾天气,飞往日内瓦的航班推迟起飞,所有乘客改道雅典,飞机即将起飞。"

随后，广播开始呼叫去往日本、埃及、南非的乘客，以及飞往世界各地的航班信息。广播让悉尼·库克先生立刻前往柜台，有人留言。之后又再次叫到达夫妮·席尔朵凡纳斯。

"这是三〇九次航班最后一次呼叫。"

候机室一角，一个小女孩抬头看着那个一身深色西装、靠在椅背上呼呼大睡的男人，他手里握着一只毛茸茸的熊猫玩具。

小女孩伸出手想摸摸那只熊猫。她的母亲说：

"琼，别碰。这位可怜的先生睡着了。"

"他要去哪里？"

"也许他也是去澳大利亚的，"母亲说，"跟我们一样。"

"他是不是也有一个像我一样的女儿？"

"我想一定有吧！"母亲说。

小女孩叹了一口气，又看了看那只熊猫。斯塔福德·奈伊爵士还在睡着，他正梦到自己在捕杀一只猎豹。这可是一种非常危险的动物，他对陪同他的游猎向导说："这是一种非常危险的动物，别人总是这么说。不要相信一只猎豹。"

就在这时，像所有梦境一样，他又跳到另一个场景中，和玛蒂尔达姑婆喝着下午茶。他扯开嗓子想让她听见自己在说什么，可是她好像比以前更聋了。除了第一个呼叫达夫妮·席尔朵凡纳斯小姐的广播以外，他什么都没听见。小女孩的母亲说道：

"我总是奇怪，为什么会有乘客不见了呢？基本上每次坐飞机都能遇到这种事。有人找不到了，有人没听到广播，或者不在飞机上，诸如此类的事情。我真不明白这都是些什么人，他们在做什么，为什么没有及时登机。我猜这个什么小姐肯定要误机了，到时候他们要拿她怎么办呢？"

没人能回答她的问题，因为没有人知道答案。

第二章　伦敦

斯塔福德·奈伊爵士有间漂亮的公寓，可以俯瞰整个格林公园。他打开过滤式咖啡壶的开关，然后去查看今天早上的邮件。看上去没什么有意思的。他翻了一遍，几张账单，一张收据，还有几封盖着无趣邮戳的信。他把信收起来放到桌上，那儿还摆着两天来未处理的信件。他该开始工作了，他想。他的秘书下午就该来了。

他回到厨房，倒了一杯咖啡，然后又回到书桌前，拿起昨天深夜到家时打开的两三封信，抽出其中的一封读起来，嘴角露出一丝微笑。

"十一点半，"他自言自语道，"时间倒是挺合适，为什么呢？还是得好好想想，准备好怎么应付切特温德。"

有人从信报口塞了东西进来。他走到门厅，捡起早报。报纸上没什么新闻。一场政治危机，一条可能引发社会不安的外国新闻，可他并不这么想。那不过是记者们的危言耸听罢了，总得让人们有新闻看吧。一个女孩在公园里被勒死了。女孩子总是被勒死，一天一个，他无动于衷地想。今天早上倒是还没有小孩被绑架或者强暴，不啻为一件意外的好消息。他烤了一片面包，喝完了咖啡。

之后，他下楼来到街上，穿过公园，朝白厅街①走去。他不禁笑了笑，觉得今天早上的生活真是太美好了。他想到切特温德。如果这个世界上真有傻瓜的话，切特温德绝对算得上一个。一表人才，总是把自己弄得像个什么重要人物。这个人还不错，就是有些疑神疑鬼的。他倒是觉得跟切特温德谈话挺有意思。

到达白厅时他迟了七分钟。刚刚好，因为在他看来，他比切特温德更重要一些。他走进切特温德的办公室。此时，切特温德就坐在办公桌后面，桌上堆了很多文件，切特温德的秘书也在。这人绝对不会放过任何一个能显示自己重要的机会。

"你好，奈伊。"切特温德说道，英俊的脸上绽放出笑容，"回来很高兴吧？马来亚怎么样？"

"热。"斯塔福德·奈伊说。

"哦，是的，我想那里一向如此。你是指天气，而不是政治形势吧？"

"哦，当然是指天气。"斯塔福德·奈伊说。

他接过一支烟，坐下来。

"有什么结果吗？"

"没有，没有你所说的结果。我已经把报告交上去了，还是那一套光说不练的假把势。拉曾比还好吗？"

"哦，仍然是个大麻烦，他改不了了。"切特温德说。

"别期望太多，我还没和巴斯康比共事过，如果他愿意，他这个人还是挺有意思的。"

"是吗？我不太了解他。嗯，也许吧。"

"看来没什么别的新闻了。"

---

① 白厅，伦敦西敏区的一条街，政府中枢所在地。

"没有了,至少没有能让你感兴趣的事了。"

"你的信里并没有提到想见我的原因。"

"哦,例行公事罢了,你知道的。怕你带回什么违禁的东西。不怕一万,就怕万一,你明白。这是例行的问话,仅此而已。"

"嗯,当然。"

"你是搭飞机回来的吧?据我所知,还遇到了一点儿小麻烦。"

斯塔福德·奈伊摆出一副预先想好的表情,有点儿悔恨,还有那么一丁点儿懊恼。

"哦,你听说了是不是?"他说,"愚蠢的勾当。"

"是的,的确很愚蠢。"

"非常愚蠢,"斯塔福德·奈伊说,"连这种事都上了报纸。今天早上的报纸登了一整段。"

"我想你并不喜欢他们这样做吧?"

"这让我看上去像个白痴,不是吗?"斯塔福德·奈伊说,"不过你得承认,我这个年纪的人的确会犯这种错误!"

"到底是怎么回事?我很想知道报道是不是有些言过其实。"

"大部分内容都是他们编出来的,就是这么回事。你是知道的,这些旅行实在是无聊透了。因为日内瓦有雾,所以我们必须在法兰克福转机,而且航班在法兰克福延误了两个小时。"

"事情就是这时候发生的?"

"是的。这会让人无聊死的。飞机来来往往,喇叭里不停地放着广播。前往香港的三〇二次航班,前往爱尔兰的一〇九次航班,这个,那个,一大堆。有人站起来,有人离开,而你只能坐在那里不停地打哈欠。"

"事情到底是怎么发生的?"

"是这样的，我原本有一杯啤酒，是皮尔森牌的，后来我想看点儿别的书，因为随身带的书都看完了，于是就去商店买了一本小说。嗯，应该是本侦探小说，然后还给我的一个侄女买了一只绒毛熊猫玩具。之后，我回到座位上喝光了啤酒，翻开书之后就睡着了。"

"嗯，我明白了，你睡着了。"

"这是一件很自然的事，不是吗？我想喇叭里应该播过广播，可是我没有听见。而我没听见广播是有充分理由的。在机场，我随时都能睡着，可是，只要是跟我有关的广播，我一次都没有错过。但这次我却没有听见。醒过来之后，我觉得有点儿不适，显然，有人在我的啤酒里下了米奇芬之类的迷药，一定是趁我去买书的时候下的手。"

"这真是太不寻常了，不是吗？"切特温德说。

"是啊，我以前可从来都没有遇到过，"斯塔福德·奈伊说，"但愿以后永远都不会再发生。你瞧，这让我看上去像个大傻瓜，而且还会有后遗症，连医生和护士都来了。还好，没产生什么严重的后果，我的钱包不见了，里面有一点儿钱，护照也丢了，这当然是件令人尴尬的事情。幸运的是，我的钱包里没装多少钱，我把旅行支票放在贴身衣服的内袋里了，总得给自己留条后路吧，特别是当你连护照都丢了的时候。无论如何，我随身携带的一些文件还可以证明我的身份。办完一切手续之后，我就搭飞机回来了。"

"的确是件烦人的事儿，"切特温德说，"我是说，对于像你这种身份的人。"他的语气中流露出些微责备之意。

"的确如此，"斯塔福德·奈伊说，"这似乎会对我的前途有些影响，对吗？我是说，不会像我，呃，本该有的前途那样明亮。"说完,他差点儿为自己的这个想法笑出来。

"你觉得这种事情经常发生吗?"

"我倒觉得这不是很普遍的现象,但的确有可能。我想,任何一个有扒窃倾向的人都会注意到熟睡的人,然后把手伸进他们的口袋。如果经过适当的训练,他就会摸走他们的钱包,或者口袋书等东西,但是能得到什么就要看他们的运气了。"

"丢失护照可是件很麻烦的事。"

"是的,现在我还得去申请一本,恐怕还得解释大半天。就像我说的,整件事实在是太愚蠢了。如果这件事真的会对我的前途有什么影响的话,切特温德,我也只好认了。"

"哦,这不能怪你,伙计,不能怪你。任何人都可能遇到这种事,任何人都有可能。"

"你真好。"斯塔福德·奈伊赞同地朝他摆出一个微笑,"这可是个不小的教训,你说是吧?"

"不会是有人故意要'你的'护照吧?"

"我想应该不会吧,"斯塔福德·奈伊说,"为什么有人想要我的护照?除非是有人想故意让我难堪,可这看上去实在不可能。或者,有人看上了我护照上的照片,那更不可能呀!"

"在那里——法兰克福是吧——你有没有碰到什么熟人?"

"不,没有,谁都没看见。"

"跟什么人说过话吗?"

"也没特别说过什么,只跟一个和善的胖太太聊了两句,她带着一个小女孩,挺逗趣的。她们好像是从威根过来的,要到澳大利亚去。其他人就不记得了。"

"你确定吗?"

"有个女人问我,如果想去埃及念考古学都需要做些什么。

我说我什么都不知道,让她最好去请教大英博物馆。另外,我还跟一个听上去像是活体解剖的反对者聊了几句,他对此十分热心。"

"我总是觉得,"切特温德说,"这种事背后可能隐藏着某种玄机。"

"哪种事?"

"唔,就像发生在你身上的这种事。"

"我看不出这背后有什么玄机,"斯塔福德爵士说,"我敢说,记者们可是什么都编得出来,他们实在是太精于此道了。可这的确是件愚蠢的事,你就行行好,别再提它了!既然已经上了报,我猜我的朋友们都该开始到处打听了。老雷兰德怎么样了?他最近忙什么呢?他的事我有所耳闻,雷兰德总是说得有点儿多。"

两个人又闲聊了十多分钟,之后斯塔福德爵士就起身告辞了。

"今天上午我还有很多事要办,"他说,"我得去给亲戚们买点儿礼物。麻烦的是,如果你去了马来亚,所有的亲戚都希望你能给他们带点儿热带风情的礼物。恐怕我得去趟利伯提百货,那里有不少东方样式的东西。"

他开开心心地走了,在楼道里跟几个熟人打了招呼。他一走,切特温德立刻拨通了秘书的电话。

"请门罗上校到我办公室来一趟。"

门罗上校来了,还带来一位高个子的中年男人。

"不知道你认不认识霍舍姆,"上校说,"安全部的。"

"我好像见过。"切特温德说。

"奈伊刚走,是吗?"门罗上校说,"关于法兰克福的那件事问出什么了吗?有没有什么值得注意的地方?"

"似乎没有，"切特温德说，"他有点儿懊恼，觉得这件事让他丢了脸。事实的确如此。"

那个叫霍舍姆的人点了点头。"他是这么想的，是吗？"

"嗯，他给自己找了很多理由，好让自己看上去不那么愚蠢。"切特温德说。

"尽管如此，你要知道，"霍舍姆说，"他并不是傻子，对吗？"

切特温德耸耸肩膀。"这可难说。"

"我明白，"门罗上校说，"是的，我明白。我总觉得奈伊有点儿高深莫测。有些时候，他的想法真是让人摸不透。"

那个叫霍舍姆的人开口说道："目前还没有不利于他的证据。据我们所知，还没有。"

"哦，我并不是这个意思，完全不是，"切特温德说，"只是——我该怎么说呢？——他有时候有点儿玩世不恭。"

霍舍姆留着两撇小胡子。他觉得它们挺管用，能在他忍不住的时候替他掩饰一下那不该露出的笑脸。

"他可不笨，"门罗说，"而且是个相当有头脑的人。你们不觉得——呃，我是说，你们不觉得这件事有点儿可疑吗？"

"他吗？看不出来。"

"你把情况都了解清楚了吗，霍舍姆？"

"呃，还没有太多时间了解。但是到目前为止，还没发现什么。不过，他的护照已经有人用过了。"

"用过了？在哪儿？"

"有人拿着它通过了希斯罗机场的海关。"

"你是说有人冒充了斯塔福德·奈伊爵士？"

"不，不，"霍舍姆说，"这样说还言之过早，但愿不要发生这样的事。他是混在人群中过关的。你知道，那时候海关还没有接到任何警告。据我所知,那个时候,奈伊因为被人下了药,还在法兰克福的机场里昏睡呢。"

"这么说,那个人可能偷了护照,然后搭上飞机来到了英国?"切特温德说。

"是的,"门罗说,"我们假设如此。一种可能是,小偷偷了他的钱包,顺手把护照也拿走了。另一种可能是,这个人需要一本护照,而斯塔福德·奈伊爵士刚好成为他的理想目标。当时他面前的桌上正好有一杯啤酒,只需要在里面下点儿药,等他昏过去之后拿走护照,然后随机应变。"

"可是,他们毕竟会核查护照,肯定会发现不是同一个人!"切特温德说。

"当然,两人的相貌肯定有相似的地方,"霍舍姆说道,"毕竟他们不知道他丢了护照,所以也就不会特别注意那本护照了。别忘了,一大群人同时拥向误点的飞机,何况本人与照片稍微有些不同也是合理的,这就够了。工作人员拿过护照,大概扫一眼,还给旅客,再继续查下一个。毕竟,他们更多关注的是那些入境的外国人,而不是英国人。深色头发,深蓝色眼睛,胡子刮得干干净净的,五英尺十英寸高左右就够了,只要不是什么不受欢迎的外国人就行。"

"我明白,我明白。可是,你刚才说,如果有人只是想摸个钱包、捞些外快,他应该不会使用偷来的护照,对不对?这太危险了。"

"没错,"霍舍姆说,"是的,这就是这件案子有趣的地方。当然,"他说,"我们也正在调查,到处收集情报。"

"那你怎么看?"

"目前还不好说,"霍舍姆说,"你知道,这需要点儿时间。

欲速则不达。"

"他们都是这样,"霍舍姆走后,门罗上校说道,"这些该死的安全部的人,他们什么都不会说,即使明明在调查,也不肯承认。"

"这个嘛,也很自然,"切特温德说,"他们也怕万一弄错了。"

真是典型的政治论调。

"霍舍姆干得不错,"门罗说,"总部那边很看重他,应该不会弄错的。"

第三章　洗衣店的伙计

斯塔福德·奈伊爵士回到公寓，一个胖女人从那间狭小的厨房里探出身来迎接他。

"很高兴看到您安全归来，先生。那些讨厌的飞机，真是令人难以预料。"

"的确是这样，沃里特太太，"斯塔福德·奈伊爵士说，"飞机晚了两个小时。"

"就像公共汽车一样，对吗？"沃里特太太说，"我是说，你永远无法预料会发生什么事，对吧！只是说起来，在天上更让人揪心。又不能像汽车那样靠边停下来，是不是？真是上不着天下不挨地的。我是绝对不会去坐飞机的，除非他们能不像现在这样。"她继续说道，"我叫人送了些东西来，希望能合你用，有鸡蛋、黄油、咖啡、茶……"她滔滔不绝地说着，就像一名正在介绍法老宫殿的埃及导游，"这些，"她停下喘了口气，"大概就是你会需要的了。我还让人送了些法式芥末酱。"

"不是第戎牌的吧？商店里的人总是给你推荐第戎牌的。"

"我不知道有这种事，是艾斯特牌的，是你喜欢的那种，对吧？"

"没错，"斯塔福德爵士说道，"你真是太棒了！"

沃里特太太露出满意的表情，看到斯塔福德·奈伊爵士准备打开卧室门,她又退回到厨房去了。

"把您的衣服交给您叫来的先生,没问题吧?可您什么也没说,也没留张字条什么的。"

"什么衣服?"斯塔福德·奈伊爵士停下来说。

"是两套西装,那位先生说是您叫他来取衣服的。他说他是托宝洗衣店的,好像就是我们之前用的那家店。如果我没记错的话,我们跟白天鹅洗衣店闹了点儿小摩擦之后,就换了这一家。"

"两套西装?"斯塔福德·奈伊爵士问道,"哪两套?"

"呃,其中一套是您昨天穿回来的,另一套不太确定,是一套蓝条纹的,您走的时候没说要不要洗。也该洗了,而且那件的右手袖口需要修一修。不过您不在家的时候我自己也不愿意干。我从不喜欢干这些活儿。"沃里特太太说这话的时候,语气里有一种明显的优越感。

"所以,那个家伙,不管他是谁吧,就把衣服带走了?"

"但愿我没做错什么,先生。"沃里特太太开始担心起来。

"那套蓝条纹的倒没什么,也确实该收拾收拾了。不过,我昨天才穿回来的那一套——"

"先生,你知道,那套西装现在穿有点儿薄了。要是你去那些天气热的地方穿还行。不过也该洗洗了。他说你暂时不会再穿了,所以就叫他们拿去洗了。那位先生就是这么说的。"

"是他自己到我的房间里拿出来的?"

"是的,先生,我觉得这样最好。"

"很有意思,"斯塔福德爵士自言自语道,"的确很有意思。"

他走进卧室,四处打量了一番。一切都很整洁。床是铺好的,应该是沃里特太太整理的。电动剃须刀正在充电,梳妆台上也都摆得整整齐齐。

他走到衣柜前，打开看了看。又看了看窗边靠墙站立的高脚柜的抽屉，都很整齐，甚至整齐得有点儿过头。他昨天晚上打开了几件行李，但只是草草放进了衣橱，把内衣和一些零碎的东西分别放进抽屉内，但是并没有摆整齐，本来是想今天或者明天再整理的。他并没有指望沃里特太太为他做这些事，只希望她不要乱动他的东西。而他每次从国外回来，都有时间重新整理和调整需要换季的衣物。这么说，一定有人进过他的房间，打开抽屉，匆匆忙忙地翻过里面的东西，然后，可能是因为太匆忙了，再次放回去时就比原来的整齐了。这个人手头麻利，做事也很小心。他还带走了两套西装，并给出了十分合理的理由：一套显然是斯塔福德爵士这次出差时穿的，还有一套可能是被他出国带走而后又带回来的薄面料的。可这是为什么呢？

"因为，"斯塔福德爵士分析着，"因为某些人要找某些东西。可究竟是什么呢？他又是谁？而且，为了什么呢？"嗯，有点儿意思。

他在椅子上坐下，思考起来。这时，他的视线扫到床头柜上的一只绒毛熊猫玩具，大脑开始转动起来。他拿起电话，拨了一个号码。

"玛蒂尔达姑婆吗？"他说，"我是斯塔福德。"

"啊！我的乖孩子，你回来了。我真高兴，昨天的报纸上说马来亚正在流行霍乱，我想应该是马来亚吧！我总是把那些地方搞混。能快点儿来看我吗？别说你很忙，你不可能总是在忙吧！除非你是那些正在处理并购的商业大亨，否则可不要拿这样的借口糊弄我。真不知道你们在忙些什么。以前，我们只要把分内的工作做好就行了，可现在的人怎么都像绑了原子弹似的，"玛蒂尔达姑婆气鼓鼓地说，"还有那些可怕的计算机，总是把数据搞错,更不要说那奇怪的外形了。真的,这让我们的生活变得一塌糊涂。你都想不到他们对我的银行账户做了什么。还有我的邮政地址,唉,看来我已经老得有些落伍了。"

"您可千万别这么想!我下个星期来看您好吗?"

"最好明天就来!教区牧师要来家里吃饭,不过,如果你来,我可以推掉他。"

"哦!姑婆,您没必要这么做。"

"当然有这个必要。他实在很烦人。而且,他还想要一架新的风琴。可现在这架还像以前一样,用得好好的呢!其实,问题在于那个风琴师,而不是风琴。真是个差劲的乐师!牧师只不过是同情那人刚刚死了母亲,其实,他是爱上了那个母亲。可是,说真的,喜欢人家的母亲也不能让那个人弹得更好呀,你说是不是?我的意思是,我们对待事情不能过于主观,该是怎么样就是怎么样。"

"说得太对了。可是,我只能下个星期去——还有几件事需要处理。西比尔好吧?"

"这个孩子!顽皮得不得了,不过还挺有趣的。"

"我给她带回来一只绒毛熊猫。"斯塔福德·奈伊爵士说。

"哦,亲爱的,你真是太好了。"

"希望她会喜欢。"斯塔福德爵士说。他看着那只熊猫的眼睛,隐约感到一丝不安。

"嗯,不管怎么说,她还算挺懂事的。"玛蒂尔达姑婆似乎话中有话,但他不太明白那究竟是什么意思。

玛蒂尔达姑婆告诉他下周有哪些火车可以坐,不过又说火车总是停运或更改班次。她还要他下次来的时候带一些卡门软奶酪和半块斯蒂尔顿奶酪。

"现在我们这里很多东西都买不到了。以前的那个杂货铺老板可真是个好人,非常细心,而且知道我们都喜欢什么东西。可突然就改成超市了,面积是以前的六倍,所有东西都是新的,里面有篮子和手推车,可卖的都不是我们想要的。而且总有人把孩子弄丢,然后哭哭闹闹的,烦死人了。好了,我等你来啊,亲爱的。"她挂断了电话。

电话马上又响了起来。

"你好,是斯塔福德吗?我是埃里克·皮尤。听说你从马来亚回来了,晚上一起吃饭吧?"

"好啊!"

"好——风泉乡村俱乐部——八点一刻?"

斯塔福德爵士刚撂下电话,只见沃里特太太气喘吁吁地来到他的房间。

"先生,楼下有位先生想见您,"她说,"我想是的,他说他确定您不会介意的。"

"他叫什么名字?"

"霍舍姆,先生。跟去布赖顿路上那个叫做霍舍姆的地方的名字一样。"

"霍舍姆?"斯塔福德·奈伊爵士有点儿惊讶。

他走出卧室,下了几级楼梯,楼下便是那间大起居室。沃里特太太没有搞错,那人正是霍舍姆。他看上去跟半个钟头以前一样——坚定、可靠,他那酒窝下巴[①]、红润的双颊和浓密的灰色胡须给人一种沉着而镇定的感觉。

"希望您不介意。"他神情愉快地站起身。

---

① 一种在西方人中常见的面部特征,很多影视剧中的硬汉形象均有此特征。

"希望我不介意什么?"斯塔福德·奈伊爵士说。

"这么快就又见到我。我们在戈登·切特温德先生办公室外的过道里碰过面,您还记得吗?"

"完全不介意。"斯塔福德·奈伊爵士说道。

他将桌上的一盒雪茄推过去。

"坐吧!是不是刚刚忘了什么,还有什么没说的吗?"

"切特温德先生人是很好的,"霍舍姆说道,"我觉得,我们已经让他平静下来了,他和门罗上校,您知道,这件事让他们有点儿紧张。我是说关于您的那件事。"

"真的?"

斯塔福德·奈伊爵士也坐了下来。他笑了笑,抽着烟,若有所思地看着亨利·霍舍姆。"那现在我们需要做些什么呢?"他问道。

"我只是想知道,请原谅我的好奇心,这之后您会做些什么?"

"我倒很乐意告诉你,"斯塔福德·奈伊爵士说,"我要去看望一位姑婆,玛蒂尔达·克莱克海顿夫人。如果你想知道,我可以把她的住址给你。"

"我知道,"亨利·霍舍姆说道,"这倒是一个很好的主意。她会很高兴看到您平安归来的。真是太险了,不是吗?"

"门罗上校和切特温德先生是这么想的吗?"

"这个嘛,我想您很清楚,"霍舍姆说道,"其实您心里很明白。他们那个部门的人一直都是这样,他们不确定要不要相信您。"

"相信我?"斯塔福德·奈伊爵士被激怒了,"你这话是什么意思?霍舍姆先生。"

霍舍姆先生并没有被他唬住,只是笑了笑。

"您知道,"霍舍姆说,"您的玩世不恭是出了名的。"

"哦,我还以为你说我叛变了呢!"

"哦,不,先生。他们只是觉得您做事不够认真,而且总是喜欢开点儿玩笑罢了。"

"人不能认认真真地过一辈子吧。"斯塔福德·奈伊爵士不以为然地说道。

"这当然不行。可是您这次似乎有些冒险了,就像我之前说的,不是吗?"

"我不知道你这话到底是什么意思。"

"这么说吧!事情有时是会出错,先生,可是,并不总是这样,除非有些人想让它出错。也许是上天使然,也许是其他人——某些狡猾的人刻意为之。"

斯塔福德·奈伊爵士开始有点儿明白他的意思了。

"你是指日内瓦的雾?"他说。

"正是,先生。日内瓦的大雾搅乱了人们的计划,这时有人乘虚而入。"

"把你知道的都告诉我,"斯塔福德·奈伊爵士说道,"我真的很想知道。"

"昨天,你本应搭乘的那班飞机从法兰克福起飞时少了一个人。当时你已经喝了啤酒,正在候机室的一角呼呼大睡。有一位乘客不见了,为此他们呼叫了她好几次,最后,可想而知,飞机丢下她飞走了。"

"哦!她发生了什么事?"

"我也很想知道。总而言之,在你人还没到希斯罗机场的时候,你的护照却已经到了。"

"那它现在在什么地方？我可以把它拿回来了吗？"

"不，还不行。那个人的手脚真利索，药很有效，而且用得恰到好处。刚好使你睡过去，但又没有留下什么特别的后遗症。"

"醒来后我感觉很不舒服。"斯塔福德爵士说。

"哦，那是肯定的。那种情况无法避免。"

"如果我没有像他们计划的那样睡过去呢？"斯塔福德爵士问道，"既然你似乎什么都知道，那会发生什么事？"

"这很可能是玛丽·安的一道障眼法。"

"玛丽·安？谁是玛丽·安？"

"达夫妮·席尔朵凡纳斯小姐。"

"我好像的确听过这个名字——就是广播里呼叫的那名失踪的乘客吧？"

"是的，那是她旅行中使用的名字。我们叫她玛丽·安。"

"她是谁？我只是好奇而已。"

"在她那条线上，她可不是一个小人物。"

"什么是她那条线？她是我们这边的，还是他们那边的？如果你知道'他们'是谁的话。我不得不说，我总是搞不太清楚这些事情。"

"这的确不太容易弄清楚，不是吗？谁是跟中国人和俄国佬一伙的，还有那些支持学生运动和黑手党的人，以及南美洲的神秘人物。还有，那些揣着金钱到处惹事的银行家们。这的确不太容易搞清楚。"

"玛丽·安，"斯塔福德·奈伊爵士思索着，"如果她的真正姓名是达夫妮·席尔朵凡纳斯的话，为什么要叫她玛丽·安这么个奇怪的名字呢？"

"呃，她的母亲是希腊人，父亲是英国人，祖父则来自澳大利亚。"

"如果我不是刚好有一件大衣可以让她派上用场的话,她会怎么样?"

"她也许会被干掉。"

"哦,算了吧!你不是说真的吧?"

"我们正在担心希斯罗机场。最近那里有些蹊跷。如果飞机按计划途径日内瓦,就不会有问题。她已经做好了全套保护工作。可是由于临时改线——就没有时间安排任何事情了,而且,现在你根本分不清谁是谁,每个人都有双重身份,也有三重的,甚至四重的。"

"你提醒了我,"斯塔福德·奈伊爵士说,"但是,她没问题,是不是?你是这个意思吧?"

"我希望她没问题,我们还没有收到任何不利于她的说法。"

"但愿这能对你有用,"斯塔福德·奈伊爵士说,"今天早上,就在我去白厅街的时候,有个人来过这里。他说是我叫了某个洗衣店的服务,然后从我的卧室里拿走了我昨天回来穿的那套西装和另一套西装。当然,他或许只是很喜欢另外那套西装,或许他喜欢收集各色旅行者回国时所穿的衣服,又或许——呃,也许这能让你想到另外某种可能性。"

"他可能在找什么东西。"

"嗯,我觉得也是。某个人在找某件东西。之后,他把所有东西都收拾得十分整齐,但根本不是我原来放的样子。是的,他在找什么东西。可是他在找什么呢?"

"我也不太确定,"霍舍姆慢慢地说道,"真希望我能知道。某些人正在某些地方酝酿着某种勾当。您瞧,这就像一个没包好的包裹,露了点儿东西在外面。你只能这里瞧瞧,那里看看。有时候你觉得拜罗伊特音乐节有问题，过一会儿，你又觉得是南美的一个大庄园有问题，过后又觉得美国有点儿线索。世界各地都是阴谋者的舞台。也许是政治，也许是跟政治完全不同的东西，很可能是为了钱财。"他接着说道，"您认识鲁滨孙先生，是吗？或者是他认识您，我想他是这么说的。"

"鲁滨孙？"斯塔福德·奈伊爵士想了想，"鲁滨孙。一个很好听的英国名字。"他看了看对面的霍舍姆，"大块头，脸黄黄的？"他说，"胖胖的？常常动一动金融界的蛋糕？"他问道，"你的意思是，他也是天使那边的人？"

"我不知道什么是天使，"亨利·霍舍姆说，"他帮过我们几次忙。但是切特温德他们不太喜欢他。我想他们是觉得他太贵了。切特温德先生有时候太计较了。他是在不应该的地方制造敌人。"

"从前我们说'贫穷但是诚实'，"斯塔福德·奈伊爵士若有所思地说，"我想你应该换一种说法了，你会认为我们的鲁滨孙先生'昂贵但是诚实'，或者我们应该说，'诚实但是昂贵'。"他叹了口气，"但愿你能告诉我这到底是怎么一回事。"他的语气中透出一股怨气，"我好像被牵扯到某件事里，却不知道这究竟是怎么一回事。"他满怀希望地望着亨利·霍舍姆，对方却冲他摇摇头。

"我们也没人知道，不完全清楚。"他说。

"我这里有什么东西能让他们出此计谋来寻找呢？"

"坦白地讲，我一点儿头绪都没有，斯塔福德爵士。"

"哦，那真是太可惜了，我也不知道。"

"就您所知，您没拿什么东西吧？有没有人给您什么东西要您保管，带到什么地方去，或者看管？"

"什么也没有呀！如果你是指玛丽·安的话，她说她只想要活命而已。"

"如果晚上的报纸没有报道，那你就真的救了她一命。"

"这件事似乎就这样结束了，是吗？真是太可惜了！这激起了我的好奇心，我很想知道接下来会发生什么，你们好像都很消极。"

"坦白讲是这样的。英国现在的形势十分不妙。您明白吗？"

"我知道你的意思。我时常在想——"

第四章　与埃里克共进晚餐

1

"老弟，跟你说点儿事，别介意啊！"埃里克·皮尤说道。

斯塔福德·奈伊爵士看着他。他们相识已有多年，但并不十分亲近。在斯塔福德爵士看来，老埃里克实在是个无聊的朋友，但十分忠诚。他很善于打探消息，而这绝非讽刺。他能记住别人跟他讲的话，然后把它们编织起来。有时候，他能提供一些很有用的信息。

"刚从马来亚开会回来，是吧？"

"是啊。"斯塔福德爵士说。

"有没有发生什么特别的事？"

"就是平常那些事。"

"哦，我想知道是不是有什么事——好了，你明白我的意思。有没有发生什么惊人的事。"

"什么？在会上吗？没有，你都能想象得到他们会说些什么，都是些车轱辘话，没完没了的。我真不明白自己怎么会摊上这种事。"

埃里克·皮尤就东方人的阴谋发表了几句不痛不痒的评论。

"我真没觉得他们有什么阴谋，"斯塔福德爵士说，"还是那些老调,你知道,说可怜的首领得了哪些病,还有谁意图谋反以及谋反的原因等等。"

"阿以问题怎么样了?"

"也是按照他们的计划按部就班地进行着。哎,这跟马来亚有什么关系?"

"没有,我也没有特别指马来亚。"

"你看上去简直就像《爱丽丝梦游仙境》中的大海龟,"斯塔福德·奈伊爵士说,"'汤啊,美味的汤啊。'你哪来的这份精神头儿?"

"呃,我只是想知道你是不是——你不介意吧?我是说,你没做出什么影响自己前途的事吧?"

"我?"斯塔福德爵士一脸的惊讶。

"得了,你知道自己是什么样的人,斯塔福德,你不是经常能干出一些惊世骇俗的事吗?"

"我最近表现得很好啊,"斯塔福德爵士说,"你又听见别人说我什么了?"

"听说你在回来的路上遇到了一点儿麻烦?"

"你是从哪里听来的?"

"哦,你知道,我见到老卡里森了。"

"无聊的家伙,总是想象一些根本没发生的事。"

"嗯,我知道,他的确是那种人。不过他只是说,有人——至少有温特顿——似乎认为你有点儿什么事"。

"有什么事?但愿如此。"斯塔福德·奈伊爵士说。

"近来有些地方出现了间谍,他对某些人比较担心。"

"他们以为我是谁呀?菲尔比[①]那种人吗?"

---

① 英国高级间谍。

"你要知道,你有时候对待事情实在是不太明智,有些事是开不得玩笑的。"

"有些时候实在是忍不住啊,"他的朋友对他说,"这些政客、外交官什么的,他们都太严肃了,让人真想时不时给他们一点儿刺激。"

"可是,老弟,你的幽默感有时会被误解,真的。有时候我真为你担心。他们想问你一些回国航班的事情,他们似乎认为你没有——呃,认为你也许没有完全说实话。"

"哦,他们是这样想的吗?有意思,看来我还得做得更好一点儿。"

"现在可不能鲁莽行事。"

"可我有时候需要找点儿乐子。"

"听着,老弟,你不是想把自己的前途毁在这些'有伤大雅'的玩笑上吧!"

"我现在终于明白了,这世界上没有一件事比'前途'更无聊。"

"我明白,我明白,这是你一贯的想法,可是你知道,你还没有达到该有的位置。有一次,你差点儿就去了维也纳。我可不想眼看着你把事情搞砸了!"

"我做事是很严肃认真的,我向你保证。"斯塔福德·奈伊爵士说。之后他又补充道,"打起精神来,埃里克,你是个好朋友,不过说真的,我并不觉得开开玩笑、逗逗乐子有什么过错。"

埃里克怀疑地摇摇头。

夜色怡人。斯塔福德爵士穿过格林公园,走在回家的路上。当他经过鸟笼巷时,一辆汽车急驰而过,几乎擦着他的身体开了过去。还好,斯塔福德爵士身手敏捷,一纵身跳到了人行道上。

汽车在巷子尽头消失了。他不明白,有那么几分钟,他确定那辆车有意想撞死他。这个想法很有趣。先是他的住所遭人搜查,现在他本人又差点儿被干掉。可能只是一种巧合。可是,他曾经在危险的地区待过,经历过危险的时刻。他一向能够感觉到危险的来临,也嗅得到危险的气味。现在他就感觉到了,某个人正在某个地方用枪瞄着他。可是为什么呢?因为什么呢?就他所知,他没碍着别人的事呀!他想不明白。

他回到公寓,从地上拾起邮件。没什么特别的,只有几份账单和一本《救生艇》杂志。他把账单扔到桌上,拆开《救生艇》的包装袋。这是他时常订阅的杂志。他漫不经心地翻阅着杂志,仍然沉浸在刚才的思绪之中。突然,他停下了手上的动作,有什么东西被人用胶带粘在了两页之间。他仔细一看,发现那正是他的护照,有人用这种出乎意料的方式将护照还给了他。他把护照拆下来,翻开内页,最近一次的入境签章是伦敦的希斯罗机场,日期是昨天。她用他的护照安全抵达了伦敦,而且选择用这种方式把护照还给他。她现在在哪里呢?他很想知道。

他不知道是否还会再见到她。她究竟是谁?去了哪里?为什么?这就好像在剧场里等待第二幕戏开始。可是,他感觉第一幕好像还没有上演。他看到了什么呢?也许只是一个老套的开场吧。一个姑娘突发奇想,把自己打扮成男人,然后未引起任何怀疑,顺利通过了希斯罗机场的海关,消失在伦敦的人海中。不,他可能再也见不到她了。这让他有些恼火。可是,为什么,他想,为什么想再见到她呢?她并不是很好看,也没什么特别的。不,这也不尽然。她身上有某些东西,或者是她这个人本身吸引了他。否则,在没有特别游说和公开诱惑的情况下,她怎么能仅凭一句简单的请求就将他的心俘获,做了她想让他做的事情呢。

其实她只是暗示了这种要求，而并没有直接说出来，但她得到了自己想要的，因为她了解人性，并且在他身上看到愿意冒险去帮助别人的天性。而他也的确冒了点儿风险，斯塔福德·奈伊爵士心想。她可以在啤酒里放进任何东西，如果她愿意，他也可能陈尸在法兰克福候机室的一个角落里。如果她精通药剂，毫无疑问，她一定有这方面的知识，他的死因可能会被认为是因为高原反应或者加压困难等原因，导致心脏病发作。唉，他怎么会这么想呢？他不可能再见到她了，而这让他心神不宁。

是的，他的确很烦躁，而他不喜欢这样。他把这件事又翻来覆去地想了几分钟，然后写下一则小广告，准备连登三次。前往法兰克福的旅客。十一月三日。请与前往伦敦的同路人联络。这就够了。要么来，要么不来。如果她能看到这则广告，就会知道是谁刊登的。她用过他的护照，知道他的名字，可以找到他的联系方式。她也许会跟他联系，也许不会。很可能不会。那样的话，开场戏就只是一出开场戏，在正剧开始之前为等待那些迟到的观众而上演的一出愚蠢的迷你剧。在战前，这种剧是非常有用的。然而，他很可能再也见不到她了，其中一个可能就是她已经完成了此次来伦敦的任务，现在已经离开英国，再次乘飞机去了日内瓦，或者中东，也许是俄国、中国、南美或者美国。为什么，斯塔福德爵士心想，为什么会想到南美呢？一定有什么原因。她没提过南美。没人提过。只有霍舍姆，是的。可是霍舍姆还提到了很多其他地方呀！

第二天上午，他出门把广告送去刊发，之后便慢悠悠地往家走。半路上，在穿过圣詹姆斯公园的时候，他看到秋天的花卉若隐若现。那些亭亭的菊花顶着含苞欲放的金黄色花蕾。他隐约能闻到它们的淡淡气味，一股膻腥味，他一向这么觉得，这气味让他想起了希腊的山坡。他得记着随时关注报上的启事栏,当然不是现在,等广告上报还有至少两三天时间,而且也要给人家一点儿时间回复吧!如果有回复,他可一定不能错过,因为,对目前所发生的事一无所知,这实在让他心烦意乱。

他试图去回想,不是机场的那个姑娘,而是他姐姐帕米拉的脸庞。她已经过世很久了。他记得她,当然记得。可是,不知道为什么,他怎么也想不起她的容貌了,这让他很恼火。当他正准备穿过一条马路的时候,他在路旁停下来。除了一辆沿着路边缓缓行驶的老爷车以外,没有其他车辆。那是一辆老式戴姆勒轿车,其缓慢行驶的姿态像个严肃的老寡妇。他抖了抖肩膀,为什么要像个傻子似的痴痴站在这里呢?

他向马路对面倏地跨出一步。就在这时,那辆寡妇车也突然以惊人的速度向他加速冲过来。这一切发生得太快了,他根本没有时间反应,只得奋力朝对面的人行道冲过去。而那辆轿车在前面的转弯处一闪便消失了。

"太奇怪了,"斯塔福德爵士心想,"真是太奇怪了。难道真的有什么人不喜欢我吗?难道有人跟踪我,一直在我回家的路上盯着我,然后伺机把我干掉?"

2

派克威上校坐在他位于布卢姆斯伯里的那间小办公室里,一部分肥大的身躯被挤出了坐椅。每天从上午十点到下午五点,除了中午短暂的午餐外,他就那样一动不动地坐在那里,任凭自己被浓浓的雪茄烟雾笼罩着。他闭着眼睛,偶尔眨两下,说明他是醒着的,并没有睡着。他很少抬起头,有人说他是古代的佛陀与蓝色大青蛙的杂交体，再加上，就像某个鲁莽的年轻人说的，一点点大河马的遗传基因。

桌上的内部通话机发出几声轻柔的铃声，他眨了眨眼睛，最终睁开来，懒洋洋地伸出一只手，拿起话筒。

"什么事？"他说。

话筒里传出秘书的声音。

"部长来了，要见您？"

"已经到了吗？"派克威上校说，"是哪一位？是附近教堂那位浸信会的牧师①？"

"哦，不是的，派克威上校，是乔治·帕卡姆爵士。"

"哦，"派克威上校深深地吸了一口气，"真是太遗憾了！麦吉尔牧师要有意思多了，他总是一副慷慨激昂的模样。"

"可以带他进来吗，派克威上校？"

"我想他马上就想见到我。部长们可比首相难伺候多了，"派克威上校沮丧地说，"这些人什么都要插手，弄得鸡飞狗跳的。"

秘书把乔治·帕卡姆爵士引进来。他咳嗽着，喘着气。大多数人进到派克威上校的办公室都会这样。这个小房间的窗户紧闭着。派克威上校斜倚在坐椅上，快被雪茄的烟灰淹没了。这样的环境真是让人难以忍受，而这个房间就是被圈内人所公认的"小猫房"。

"啊，我亲爱的朋友，"乔治爵士轻松愉快的声音与他那满脸的愁容一点儿也不相符，"好久不见了！"

"坐，快坐，"派克威说，"来根雪茄？"

乔治爵士微微抖了一下。

---

①英语中的牧师与部长为同一个词 minister。

"不，谢谢，"他说，"不用，非常感谢。"

他故意狠狠地盯着紧闭的窗户，但派克威上校似乎没有领悟他的暗示。

乔治爵士清了清喉咙，又咳了两声，才开口说道：

"呃，我想霍舍姆已经来见过你了？"

"是的，他来过了，报告了一下他的工作。"派克威上校说着，又慢慢闭上了眼睛。

"我认为这样最好。我是说，他应该来向你汇报一下。最重要的是，不要把这种事情在外面到处乱说。"

"哦，"派克威上校说，"可事情总会这样的，不是吗？"

"什么？"

"总会这样的。"派克威上校说。

"我不知道你知道多少——呃——对于最近发生的这件事知道多少。"

"我对这里发生的一切都了如指掌，"派克威上校说，"这不就是我们的工作吗？"

"哦——哦，是的，这是当然。有关S.N.[①]爵士的事——您知道我说的是谁吧？"

"刚从法兰克福回来的那个人。"派克威上校说。

"实在是太蹊跷了，太蹊跷了。我们不明白——真的不明白，我们禁不住会想……"

派克威上校耐心地听着。

"人们会怎么想呢？"乔治爵士继续说道，"您认识他吗？"

"我碰到过他一两次。"派克威上校说。

[①]斯塔福德·奈伊的首字母缩写。

"这真的会让人不禁去想——"

派克威上校强忍着尽量小声地打了个哈欠。他实在很厌烦乔治爵士的"不明白"、"想"来"想"去的论调。无论如何,他都不太欣赏乔治爵士的思路,一个谨小慎微的人,一个小心认真地管理自己部门、值得信赖的人,却算不上有才华。也许,派克威上校心想,他们需要的正是这样的人。不管怎样,正是那些总是"在想",总是弄不清楚事情的人,才能安然坐在上帝与选民把他放上去的位子上。

"我们不能忘记,"乔治爵士继续说,"过去曾经经历的种种幻灭。"

派克威上校和善地笑了笑。

"查尔斯顿、康韦和考特福德,"他说道,"都曾经是我们最信任的人。我们彻底调查了他们的背景,而他们也都通过了我们的审核。他们都有一个以 C 打头的名字,最后都犯了错误。"

"有时候我真不知道还能相信什么人!"乔治爵士闷闷不乐地说。

"这很简单,"派克威上校说,"你不能相信任何人。"

"现在就说这位斯塔福德·奈伊吧,"乔治爵士说,"家世很好,很优秀。我们了解他的父亲,甚至祖父。"

"常常是到第三代就不行了。"派克威上校说。

这话对乔治爵士来说并不受用。

"我不禁怀疑——我是说,有时候他看起来真的不够严肃。"

"年轻的时候,我曾经带两个侄女去卢瓦尔河谷看城堡。"派克威上校突然话题一转,"有个人在河边钓鱼,而我也随身带着一副钓杆儿。他对我说,'你并不是一个严肃的垂钓者,因为你带着女人①。'"

"你是说你认为斯塔福德爵士——"

"不,不,他倒从来不怎么跟女人掺和。他的问题是,他太爱讽刺别人了,喜欢干些惊世骇俗的事,喜欢看别人出丑,并乐在其中。"

"哦,这实在不太令人满意,对吗?"

"为什么不呢?"派克威上校说,"喜欢开点儿私人小玩笑总比勾通敌国的叛变者强多了。"

"但愿他真的没什么问题。您是怎么想的——您的意见是?"

"好得像个清脆的铃铛,"派克威上校说,"如果铃铛的声音可以用清脆来形容的话。铃铛会响,但这是另一码事,对吗?"他和善地笑笑,"换了是我,才不会担心他呢。"

3

斯塔福德·奈伊爵士推开咖啡杯,拿起报纸,浏览了一遍新闻标题,然后小心翼翼地翻到个人告示那一栏。他一直关注这一栏,到今天已经是第七天了,这让他颇为失望,却也在他的意料之中。他凭什么期望有人给他答复呢?他细细地浏览这一版上的奇闻逸事,那些他一直十分感兴趣的事情。这些告示并不都是十分"私人的",一半或一半以上的启事是一些关于出售或求购的隐蔽的小广告。或许它们应该放到另一个栏目里去,可是放在这里更能受到关注。

"青年才俊,不喜粗活,向往安逸的生活,愿意接受一份适

---

① 原文为法语。

合自己的工作。"

"年轻女士,愿去柬埔寨工作,但不负责照顾小孩。"

"滑铁卢之役中使用的枪支,出价即售。"

"华美裘皮大衣一件,卖主出国急售。"

"认识珍妮·凯普斯坦吗?她做的蛋糕棒极了。请驾临西南三区利扎尔街十四号。"

斯塔福德·奈伊的手指停了下来,珍妮·凯普斯坦,他喜欢这个名字,有利扎尔街吗?也许有吧!他叹了口气,手指继续向下移去,突然再次停了下来。

"法兰克福过客,十一月十一日星期四。亨格福德桥,七点二十分。"

十一月十一日,星期四,那就是——对,那就是今天呀!斯塔福德·奈伊爵士靠在椅背上,又喝起了咖啡。他很兴奋,也非常激动。亨格福德,亨格福德桥。他起身走进厨房,沃里特太太正把马铃薯切成条,扔进一个装着水的大碗,她略感惊讶地抬起头望着他。

"有事吗,先生?"

"是的,"斯塔福德·奈伊爵士说道,"如果有人跟你说亨格福德桥,你会去哪儿?"

"我会去哪儿?"沃里特太太想了想,"您是说,如果我想去的话,是吗?"

"我们可以这样假设。"

"哦,那样的话,我想我就会去亨格福德桥,不是吗?"

"你是说你会去伯克郡的亨格福德吗?"

"那是什么地方?"

"距纽伯里八英里。"

"我听说过纽伯里,我家老头儿去年在那里看好一匹马,还赢了点儿钱。"

"这么说你会去纽伯里附近的亨格福德?"

"不,我当然不会跑那么远,"沃里特太太说,"跑那么大老远去干什么?我当然是去亨格福德桥了!"

"你是说——"

"哦,它就在查令街路口附近,你知道那儿,就是泰晤士河上的亨格福德桥啊!"

"是啊!"斯塔福德·奈伊爵士说,"是啊!我的确知道那地方,谢谢你,沃太太。你帮了大忙了。"

这简直就像是抛起一枚铜板,来猜它的正反面一样,他想。照理说,刊登在伦敦早报上的广告,指的当然是市区内的地点。假设这就是那个登广告的人所指的地方吧,尽管斯塔福德·奈伊爵士对这个特殊的人一点儿把握也没有。从他们简短的接触经验来判断,她的思维是新奇而出人意料的。可是他还能做什么呢?谁知道全英国有多少个亨格福德,也许每个亨格福德都有一座桥呢。不过,今天,今天他就能知道谜底了。

4

这是一个刮着风的寒冷夜晚,天上不时飘下一些细细的雾雨。斯塔福德·奈伊爵士竖起风衣的领子,继续快步向前走去。这并不是他第一次穿过亨格福德桥,而每次走过这里也都并非出于兴趣。他站在桥上,桥下就是泰晤士河,而桥的另一岸充斥着像他一样行色匆匆的路人。他们竖着衣领,低垂着帽檐儿,每个人都匆匆地赶着回家,希望早一点儿将这风雨关在门外。在这急匆匆的人潮中要找出某个人来还真不容易,斯塔福德·奈伊爵士心想。七点二十分,真不是一个约会的好时间。莫非是伯克郡的亨格福德桥?算了,这听上去太奇怪了。

他继续走着,但保持着稳定的步速,并没有超过他前面的人,对面的行人擦肩而过。同时他也保持着足够快的速度,不让后面的人超过他,当然,如果有人想要超过他也是可能的。这也许可以算得上是一种玩笑吧,斯塔福德·奈伊心想,但并不是他喜欢的那种。

而且,也不像她的那种幽默,他可能会这么想。急匆匆的行人再次从他身边擦身而过,他被略微挤到一边。这时,一个身穿风衣的女士步履沉重地朝他走过来。她碰到他,脚下一滑,跪倒在地上。他伸手将她扶起来。

"没事吧?"

"没事,谢谢。"

她继续赶路,但是经过他身旁时,刚才他搀扶时牵过的那只湿漉漉的手,迅速把一件东西塞进了他的手掌心,并合上他的手指握住它,然后就在他的身后消失在茫茫人海中。斯塔福德·奈伊继续向前走。他没能追上她,她也不希望他这样做。他快步走着,手里紧紧地握着那件东西。就这样,在经过感觉漫长的行程之后,他来到桥的另一边——萨里区。

几分钟后,他走进一间小咖啡馆,在一张桌前坐下,叫了一杯咖啡。之后,他看着手中之物。这是一个薄薄的油布纸信封,里面是一个质量粗劣的白色信封。他又打开这层信封,惊讶地发现里面竟然是一张票。

这是一张节日音乐厅的入场券,时间就在第二天晚上。

第五章　瓦格纳主旋律

斯塔福德·奈伊爵士在椅子上舒舒服服地坐下，《尼伯龙根》那一连串叮叮当当的击打乐拉开了节目的序幕。

他喜欢瓦格纳的歌剧，但是一点儿都不喜欢《指环》中的《齐格弗里德》，他更喜欢《莱茵的黄金》和《诸神的黄昏》这两部。不知为什么，那段描写年轻的齐格弗里德聆听鸟鸣的音乐，总是无法给他带来音乐的享受，而是让他感觉很不舒服。也许是因为他小时候在慕尼黑看过的那场演出。饰演年轻的齐格弗里德的是一名声音宏伟、但形体比例异常失衡的男高音。而他那时候太小了，只懂得欣赏演员的形体表演，而忽略了音乐的魅力。那位胖胖的男高音在地上翻滚着表演男孩的模样让他厌恶。另外，他对鸟类和森林中的鸟鸣也没有特别的喜好，他宁愿每次只看莱茵姑娘。尽管慕尼黑的那些莱茵姑娘也都胖得出奇，但是，在轻快的流水声和令人愉悦的音乐声中，姑娘们的模样也就没那么重要了。

他不时看看身边的观众。他进来得比较早，整个剧场像平时一样座无虚席。中场休息时间到了，斯塔福德爵士站起身，朝周围看了看。他身旁的座位一直是空的，该来的人还没有来。这就是答案吗？还是因为迟到被迫留在了休息大厅？每次上演瓦格纳的歌剧，剧场仍然保留着这种迟到便禁止入场的做法。

他走出演出大厅,在休息厅里四处闲逛。喝了一杯咖啡,抽了一支烟,然后在听到召唤的铃声后回到演出大厅。这一次,在他向自己的座位走过去的时候,他看到自己旁边那个座位上有人了。他立刻恢复了兴致,回到位子上坐下来。没错,她就是法兰克福候机室里那位女士。她并没有看他,只是目不转睛地看着前方。她的侧面依然是他印象中的模样,清秀而单纯。她的头微微侧过来,眼睛扫过,却似乎没有认出他来。这看似无意的一瞥却传达了清晰的意思,她不想让人看出此行的目的,至少不是现在。灯光渐渐暗下来,她转过头。

　　"对不起,可以看看您的节目单吗?进来的时候,我可能把我的那份弄掉了。"

　　"当然可以。"他说。

　　他把节目单递给她,她从他手上接过来。她打开节目单,仔细看起来。灯光更暗了,下半场开始了。一开始是《罗恩格林》的序曲。序曲结束时,她将节目单还给他,说了几句感谢的话。

　　"非常感谢,你真好。"

　　接下来是齐格弗里德在森林中的吟唱。他打开她递回来的那张节目单。就在这时,他注意到其中一页下方有一些淡淡的铅笔字迹。他并不想马上就看,事实上,在那样昏暗的灯光里也看不清楚。于是他合上节目单,握在手里。他很确定,自己并没有在那上面写字。他觉得,是她事先在自己的那份节目单上为他留下了字迹,然后装进手袋,在合适的时候交给他。在他看来,整件事仍然充满了一种神秘而危险的气氛。亨格福德桥上的会面,匆匆塞给他的信封以及里面的门票,还有现在坐在他旁边的这个沉默的女人。

　　曾经有一两次,他装作不经意地迅速地瞥了她一眼,就像无意间看看身旁的陌生人一样。她懒洋洋地靠在椅背上,身上穿着一件黑色绉纱的高领连衣裙,脖子上戴着一条古典式样的金项链,一头黑色的短发非常漂亮。

她没有看他,也没有回应他的目光。他的大脑快速地运转起来。节日大厅的观众席上是否有人在盯着她,或者他呢?监视他们两人是否看了对方,或者是否交谈?想必是有吧,或者至少有这种可能。她回应了他在报上登出的启事,知足吧!他的好奇心并未得到满足,不过至少已经知道达夫妮·席尔朵凡纳斯——别名,玛丽·安——目前身在伦敦。也许在不远的未来,他就能了解这其中的奥妙,不过,行动的决策权就得交给她了。他必须听从她的指挥。在机场他就已经听从了她的建议,现在还得这么做。而且,他得承认,生活突然间变得更有意思了,比起他政治生涯中那些无聊的会议,这要好多了。那天晚上真的有辆车想把他撞死吗?他认为是这样的。而且是两次,而不仅仅是一次。现在的人开车实在是太鲁莽了,你总是觉得他们是故意想撞死谁。他合上节目单,没有再看一眼。音乐接近尾声,坐在他身旁的那位女士说话了。她没有转过头,也没有表露出想跟他说话的样子,然而,她的声音很大,其间还夹杂着微微的叹息,好像在自言自语,又好像是跟另一旁的观众交谈。

"年轻的齐格弗里德!"她说,然后叹了口气。

节目的最后是《名歌手》中的进行曲。热烈的掌声之后,观众开始起身离开。他等待着,想看她有没有什么暗示,然而并没有。她穿上外套,沿着那排坐椅的通道向外走去,步伐逐渐加快,她跟着人群移动着,不久便消失了。

斯塔福德·奈伊找到自己的车子,开回家。回到家后,他煮上一壶咖啡,然后把那张节目单摊在桌子上,仔细看起来。

说实话，这张节目单有点儿让他失望。里面并没有什么留言，只是在节目列表的那一页上有一些铅笔字，而这些就是他此前模模糊糊看到的那些。并不是字，或者字母，更不是数字，看上去只是一些音乐符号。就好像是某个人用一支不太好用的铅笔随意画上去的一段乐谱。有一会儿，斯塔福德·奈伊觉得上面隐藏着某个秘密的留言，需要加热才能显现出来。他小心翼翼地把它靠近电热器，甚至有点儿为自己不切实际的幻想感到可笑。然而，什么也没有。他叹了口气，把节目单扔到桌上。他着实为此感到懊恼。如此这般大费周折，风雨之夜桥上的会面！整场音乐会中，全部心思都在身旁那个女人身上，他有那么多问题想问——可是结果呢？什么都没发生！一点儿进展都没有。可是，她还是来见他了。为什么？如果她不想跟他交谈，不想跟他有任何进一步的安排，那她何苦要来呢？

他的目光不经意地扫过房间，落到书架上，他收藏了很多惊悚小说、侦探故事和科幻小说，他摇了摇头，心想，小说还是要比真实的生活精彩许多。死尸，神秘的来电，那么多美丽的外国女间谍！不过，也许这位让人难以捉摸的女士跟他的关系还没有结束。下一次，他心想，他也要采取一些行动了，这毕竟是两个人的游戏。

他推开节目单，又喝了一杯咖啡，然后走到窗前。他手里还拿着那张节目单，朝窗外的街上看的时候，他的目光再一次落到手中打开的节目单上，并且几乎是下意识地哼了起来。他很有音乐天赋，可以轻松地把上面那一串歪歪扭扭的音符哼唱出来。哼着哼着，他隐约觉得在哪里听过这个调调。他提高了一点儿声音，是什么呢？可还是想不起来。嗒，嗒，嗒嗒嘀嗒。嗒。是的，的确很耳熟。

他开始拆阅信件。

这些来信大多没什么意思。其中有几封请柬,一张是美国大使馆寄来的,还有一张是爱西欧汉普顿夫人的一场慈善晚会,到时将有皇室成员参加,这无疑是在告诉人们,五个金币的入场券也不算贵得离谱。他轻轻把它们丢到一边,非常怀疑自己是否会接受其中的任何一个邀请。他想了想,觉得与其这样无所事事地待在伦敦,还不如去看看玛蒂尔达姑婆。他不是已经答应去看她了吗?他很喜欢这个姑婆,尽管并不常和她见面。她住在乡下一幢乔治王朝时建的老房子里,那是她祖父留给她的遗产。她有一间宽敞、比例精美的起居室、一间椭圆形的小型餐厅、一间由原来的管家房改造的新式厨房、两间客房、她自己那间带卫生间的宽敞舒适的卧房,以及充足的空间,这些都提供给一位可以跟她分享时光的耐心的伙伴。另外,她还为其他仆人提供饮食和住宿。这些只是这所大房子的东厢而已,其他部分除了定期清扫,其他时间都用防尘布盖起来。斯塔福德·奈伊很喜欢这幢老房子,他童年的很多个假期就是在这里度过的。那时候,这所房子里充满了欢乐。当时,他的大伯父夫妇与两个孩子住在这里。是的,那时候是多么快乐!当时他们有足够的钱和充足的仆人去照料这幢大房子。那时候,他并没有特别注意房子里的肖像画和其他画作。它们挂满了整幢房子的墙壁,大部分是维多利亚时期的艺术家作品,还有一些更早期的。有几幅相当不错的肖像画。其中有一幅雷本恩[①]的,两幅劳伦斯[②]的,一幅庚斯博罗[③]的,一幅

[①] 雷本恩(Raeburn, 1756—1823),苏格兰知名肖像画家。
[②] 劳伦斯(Lawrence, 1769—1830),英国知名肖像画家。
[③] 庚斯博罗(Gainsborough, 1727—1788),英国画家,颇受皇室的宠爱。

莱利①的，两幅凡·戴克②的——尽管这两幅看上去颇有些可疑，还有几幅透纳③的作品。它们当中的一些不得不拿去变卖，以此来贴补家用。现在他每次去那里，还是很喜欢在房子里徜徉，欣赏那些家族肖像。

玛蒂尔达姑婆是个话匣子，他每次去，她都很开心。他并不常常想去看她，可是，这一次，他也不知道自己为什么突然想去。还有，为什么突然想到那些家族画像呢？也许是因为二十年前一位知名画家为姐姐帕米拉画的画像吧。他想再看看那幅画像，再看仔细一点儿，看看那个让他整日心神不宁的陌生女人，到底和他的姐姐长得有多像。

他带着些许懊恼，再次拿起那张节日大厅的节目单，开始哼唱起那段用铅笔写下的音符，嗒，嗒，嘀嗒——就在这时，他突然想起来了。这就是齐格弗里德的主旋律，也就是那个女人昨晚说的话。她当时并没有刻意对他说，也没有刻意对某个人说，但这是一个信息，一个对其他人来说没有任何特殊意义的信息，因为这句话似乎是在说刚才的演出。而这个曲调现在又被以音符的形式写在了他的节目单上。年轻的齐格弗里德。这句话一定有什么意义，啊，也许暗示着某个未来的指示。年轻的齐格弗里德。这到底是什么意思呢？为什么？怎么解释？什么时候？指的又是什么？这些问题真是太荒唐了！

他拿起电话，接通了玛蒂尔达姑婆的号码。

"哦，亲爱的斯达菲④，你能来我真的很高兴。搭四点半的那

---

① 莱利（Lely，1618—1680），荷兰肖像画家。他刻画宫廷妇女的作品色彩迷人，温暖而明快。
② 凡·戴克（Van Dyke，1599—1641），欧洲绘画史上重要的肖像画家之一。
③ 透纳（Turner，1775—1851），英国知名风景画家。
④ 斯塔福德的昵称。

趟火车吧,这趟车还在运行,不过到我这里会晚一个半小时。而且从帕丁顿发车的时间也晚了一点儿,改到五点一刻了。我想,这就是他们所谓的对火车所做的改进吧!沿途上又增加了几个不知所以的站点。好吧,奥拉赛会在国王马斯顿火车站接你。"

"这么说他现在还在?"

"他当然还在。"

"我想也是。"斯塔福德·奈伊爵士说。

奥拉赛起初在那里做马夫,后来当上了马车夫。再后来,很多人要么老了,离开了,要么被遣散了,他却被留下,还当上了司机。显然,他仍然坚守着岗位。"他至少有八十岁了吧!"斯塔福德爵士说着,会心地笑了笑。

第六章 一位贵妇人的画像

1

"你看起来气色不错嘛,亲爱的,"玛蒂尔达姑婆赞赏地打量着他,"我想是在马来亚晒的吧!如果你去的是马来亚的话,还是说你去的是暹罗或者泰国?唉,他们总是把名字改来改去的,让人弄不清楚。反正不是越南,对吧?你知道,我一点儿也不喜欢越南这个名字。太乱了,什么北越、南越、越共,还有越什么的,大家打来打去,谁也不想住手。他们就是不愿意去巴黎或者什么地方,大家坐下来好好谈谈。亲爱的,你不觉得——呃,我一直在考虑这个问题,我觉得这会是个非常好的办法——你们能不能建很多足球场,然后让他们去那里打,但不能使用那么多的致命武器,不能用那种会烧手的恶毒武器,只能互相厮打什么的。他们会喜欢的,每个人都会开心的,而且你们可以卖票,让别人来看他们打。我真的觉得我们根本不懂该怎么给人们提供真正想要的东西。"

"我觉得你这个主意不错,玛蒂尔达姑婆,"斯塔福德·奈伊爵士在她那布满皱纹的红润脸颊上亲了一下,"您近来好吗,亲爱的姑婆?"

"哦,我老了。"玛蒂尔达·克莱克海顿夫人说,"是的,我老了。你们年轻人当然体会不到变老的滋味。不是这儿有毛病就是那儿有毛病。风湿病、关节炎或者是烦人的哮喘,要不就是哪天不小心扭了脚,总会出点儿毛病,你知道。也没什么大不了的,都是些小病小灾。怎么想起来看我了,亲爱的?"

姑婆这个直截了当的问话让斯塔福德爵士多少感到有些意外。

"每次从国外回来,我都会来看您呀!"

"你得坐得离我再近一点儿,"玛蒂尔达姑婆说,"我的耳朵比上次见你的时候更聋了。你看上去跟往常不太一样……怎么会这样呢?"

"因为晒黑了?就像你刚才说的。"

"胡说,我根本不是这个意思。别告诉我你有女朋友了吧?"

"女朋友?"

"嗯,我就觉得你总有一天会找到女朋友的。问题是,你的幽默感有点儿过头。"

"您怎么会这么想?"

"哦,大家都是这么想的。嗯,是的,的确如此。不仅如此,你的幽默感还影响了自己的仕途。你要知道,自己周围都是外交官和政客,还有他们所谓的年轻政治家、老年政治家和中年政治家。还有各式各样的政党。我真的觉得搞那么多政党实在是太愚蠢了。首当其冲的就是那些令人讨厌的工党人。"她扬起保守党的头颅,"我年轻的时候根本没有什么工党,你要是提起它,都没人知道你说的是什么,他们会说你'胡说八道'。只可惜那不是胡说八道。当然,还有那些自由党人,可他们实在是太差劲了。然后还有王党,不过他们现在都管自己叫保守党了。"

"他们怎么了?"斯塔福德·奈伊露出一丝微笑。

"有太多正儿八经的女人了,你知道,这就让他们缺少了很多乐趣。"

"哦,现在没有哪个政党会在乎快不快乐。"

"就是呀,"玛蒂尔达姑婆说,"而这就是你的问题所在。你想让工作有趣些,想找点儿乐子,所以就喜欢跟别人开玩笑,可是人家并不喜欢。他们会说,'这个人太不正经了①,'就像那个钓鱼的人。"

斯塔福德·奈伊爵士笑了,他在屋子里扫视了一圈。

"你在看什么?"玛蒂尔达夫人说。

"您的那些画。"

"你不想让我把它们卖掉,是吗?现在大家似乎都在卖画。老地主格兰品,你知道吧?他卖掉了透纳的作品,还有一些祖先的画像。还有,杰弗瑞·古德曼,把家里收藏的那几幅漂亮的马都卖掉了,是斯塔布斯②的作品吧?诸如此类。还真是卖了不少钱呢!"

"可我并不想把画卖掉,我喜欢它们,喜欢这间屋子里的大部分作品,因为他们都是我的祖先。我知道,现在没人要这些家族肖像画了,就算我是个老古董吧,我就是喜欢这些家族肖像。我是说,自己的祖先们。你在看谁?帕米拉吗?"

"是的,有一天我忽然想到她。"

"惊讶于你们两个人长得那么像吧!我是说,就算异性双胞胎也没有那么像的。你明白我的意思吧。"

"这么说,莎士比亚很可能把维奥拉和塞巴斯汀③搞混了。"

---

① 原文为法语。
② 斯塔布斯(Stubbs,1724—1806),英国画家,出色的动物画家和肖像画家。
③ 莎士比亚《第十二夜》中的人物,维奥拉和塞巴斯汀是一对孪生兄妹。

"是呀,普通的兄弟姐妹不是也都长得相像吗?你和帕米拉一直都很像——我是说长得很像。"

"其他方面呢?有相似的地方吗?您不觉得我们的性格也很像吗?"

"这倒没有,一点儿也不像。这就是有意思的地方了。不过你和帕米拉都有一张我所谓的家族面孔。不是奈伊家族的,而是鲍德温—怀特家族的。"

每当姑婆谈到家谱的问题,斯塔福德·奈伊爵士就只有洗耳恭听的份儿了。

"我一直都觉得你和帕米拉的相貌像阿莱莎。"

"阿莱莎是哪位?"

"你们曾,曾——我想还应该再加一个曾——祖母。她是一位匈牙利人,好像是个伯爵夫人或者男爵夫人什么的。你们的曾曾曾祖父在维也纳使馆工作的时候爱上了她。是的,她是个匈牙利人。一个典型的匈牙利人,非常喜爱运动。你知道,那些匈牙利人都很爱运动。她会骑马打猎,骑得棒极了。"

"画廊里有她的画像吗?"

"就在第一层楼梯的平台处,楼梯的上方偏右一点儿的地方。"

"睡觉前我去看看她。"

"现在就去吧,然后你再回来,谈谈你的想法。"

"那我现在就去。"他笑着对她说。

他跑出房间,登上楼梯。没错,老玛蒂尔达姑婆的眼睛的确厉害。就是那张脸,那就是他见过而且记住的那张面庞。他记得这张脸,并不只是因为她像自己,也不是因为像帕米拉,而是因为她与这张画像上的人更像。这就是他那个时任维也纳大使的曾曾曾祖父——但愿"曾"的次数足够了,玛蒂尔达姑婆从来都觉得不够多——从外国带回来的俊俏女子。那时她大约二十岁。她来到这里,精力充沛,马术一流,舞姿优雅,迷倒了一群男士。然而,她对曾曾曾祖父这位稳重而严肃的外交官,大家总是这么说,始终忠贞不渝。她跟着他出国,又回来,孕育孩子,大概有三四个吧,他想。他和姐姐帕米拉便是从他们中的某一位身上继承了她的面容、鼻子以及脖子的弧度。他在想,那个在他的啤酒里下药,说服他借给她斗篷,并且声称如果不照她说的做,她就会有生命危险的那个年轻女人,会不会就是眼前墙上这位女子的后代呢?或许跟他们还是堂兄妹呢?嗯,有可能。也许她们就是同一个国家的。无论如何,她们的相貌实在是太像了。她在剧场里那挺拔的坐姿、标志的轮廓,那个下巴,以及那微微翘起的鼻子,还有她身上散发出来的那种气质,真是太像了。

2

"找到了吗?"当侄子回到那间白色的休息室的时候——因为她的会客厅经常别有他用——玛蒂尔达夫人问道,"很有趣的一张脸,不是吗?"

"是的,而且十分俊俏。"

"有趣要比俊俏好多了。不过,你并没有去过匈牙利或者奥地利,对吗?在马来亚你应该不会看到像她这种相貌的人吧?她可不是那种能够坐在桌旁记笔记或者改改讲话稿的人。不管从哪方面看,她都是一个桀骜不驯的人。很懂礼貌,其他方面也都很好,就是野气未脱,像只自由自在的小鸟,不知危险为何物。"

"您怎么知道这么多有关她的事呢?"

"哦，我跟她当然不是同时代的人。我出生的时候，她已经去世有几年了。尽管如此，我总是对她很感兴趣。你知道，她是一个冒险家，非常喜欢冒险。家族里流传着很多和她有关的奇闻逸事，她总是在其中扮演某个角色。"

"那我的曾曾曾祖父对此有什么看法吗？"

"我觉得他就是因为总是担心她才会死的，"玛蒂尔达夫人说，"尽管如此，据说他很宠爱她。哦，对了，斯达菲，你有没有看过《曾达的囚徒》？"

"《曾达的囚徒》，听上去很耳熟。"

"当然，那是一本书。"

"是的，我意识到了那是一本书。"

"恐怕你并不知道它的内容。这对你来说已经过时了。可是，在我小时候，我们就是从这本书中初尝了浪漫的滋味。那时候，我们没有流行音乐歌手，也没有披头士，有的只是一本浪漫小说。我们小时候是不允许看小说的，上午肯定是不行，下午还可以。"

"这是什么鬼规矩呀，"斯塔福德爵士说，"为什么上午不该读小说，而下午就可以？"

"这个嘛，你看，早上女孩子应该做一些'有用'的事。比如，学习插花，或者清洁银质画框，所有女孩子应该做的事，比如，跟家庭教师做些学问之类的事情。下午，我们才可以坐下来看看故事书，而《曾达的囚徒》通常是我们最先看的一本。"

"一个纯真唯美的爱情故事，是吗？我好像还能记起一些，也许我真的读过。很纯真的那种，没什么性感的描写。"

"当然没有，我们可没有性感的书籍，只有浪漫。《曾达的囚徒》就是一本非常浪漫的书，通常都是一个人爱上了一位英雄。

65

在这本书里，这位英雄就是鲁道夫·拉森第尔。"

"我好像也记得这个名字。有点儿花哨，不是吗？"

"哦，我仍然觉得这是一个非常浪漫的名字。我那时大概十二岁吧！你上楼去看画像，让我想起了这本书。菲拉维娅公主。"她补充道。

斯塔福德·奈伊微笑着看着她。

"青春仿佛又回到了您的脸上，还是那么多愁善感。"他说。

"哦，这就是我现在的感受。现在的女孩已经跟以前不一样了，她们爱得死去活来，只要有人为她们弹弹吉他、大声地唱唱情歌就会晕倒，可那不是多愁善感。不过，我并不爱鲁道夫·拉森第尔，我爱的是他的替身。"

"他有一个替身？"

"哦，是的，他是一位国王。鲁瑞坦尼亚[①]的国王。"

"哦！我知道了。这就是'鲁瑞坦尼亚'这个词的由来：人们到处用这个词。没错，我的确看过这本书。鲁瑞坦尼亚的国王，鲁道夫做了国王的替身，然后爱上了已经与国王订婚的菲拉维娅公主。"

玛蒂尔达夫人又深深地叹了几口气。

"是的，鲁道夫·拉森第尔的一头红发就是继承于一位女性祖先。书中有一处，就讲到他向这位祖先的画像致敬，还说了一些关于——我现在想不起那个名字了——好像是艾米利亚伯爵夫人什么的话，他就是从她那里继承了他的相貌和所有一切。所以我看着你现在这个样子，就把你想成了鲁道夫·拉森第尔。你跑出去，去看一位祖先的画像，看看她是否能让你想到什么人。这

[①]虚构的浪漫王国。

么说,你也置身于一段罗曼史之中了,是吗?"

"您怎么会这么说呢?"

"哦,你知道,生活本是大同小异,逃不过那几种模式。人们可以通过你的某些表现辨别出你所属的模式。这就像一本编织书,里面大约有六十五种不同的花样,一看就知道是哪种花样。而你目前的情形,依我看,就是一幅浪漫的探险图。"她叹了口气,"不过,我想你是不会告诉我细节的。"

"根本就没这回事,您要我怎么说啊!"斯塔福德爵士说道。

"你总是很会说谎。好了,没关系,只要你今后能带她来看看我,我就知足了。不过,一定要赶在那些医生用他们刚刚发明的一种新型抗生素把我杀死之前。看看我现在吃的那些五颜六色的药丸!你都不会相信自己的眼睛。"

"我不知道您为什么要用'她'呢?"

"不是吗?哦,因为我就知道是个'她',所以就说'她'了。而你现在正在为这个'她'神魂颠倒。不过我不明白的是,你是怎么找到她的。是在马来亚开会的时候认识的吗?大使的女儿还是部长的女儿?又或者是在使馆游泳池结识的一位漂亮的女秘书?嗯,这些都不像。回国的船上?哦,不,你们现在不坐船了。那么,是在飞机上认识的?"

"您说得有点儿接近了。"斯塔福德·奈伊爵士情不自禁地说。

"啊哈!"她兴奋地探出身子,"空中小姐?"

他摇摇头。

"那好吧,留着你的秘密吧!告诉你,我迟早会发现的。我总是能挖掘出跟你有关的任何消息。对所有事情几乎都是如此。当然,我现在已经跟不上时代了,但是,我时不时地也会见一见几位密友,你知道,从他们那里我还是能得到一些消息的。现在的人总是有很多忧虑,在哪儿都一样,各有各的担心。"

"您是说人们普遍有一种不满的情绪——不安?"

"哦,我可不是这个意思。我是说一些身居高位的人,他们很担心。我们那些差劲儿的政府担心,昏昏沉沉的外交部担心,暗流涌动,人心惶惶。"

"你是说学生运动?"

"哦,学生运动只不过是树上的一枝花而已,全国各地现在已经是遍地开花了,至少看上去如此。现在有个姑娘每天早上都来给我念报纸听,我自己已经看不了了。她的声音很好听。她帮我写信,给我读报,是个好姑娘。她给我读那些我喜欢的内容,而不是她认为我应该知道的内容。是的,在我看来,每个人都很焦虑,而且,告诉你吧,这多多少少得益于一个老朋友的见解。"

"你是说在军队里待过的老朋友?"

"他是一位将军。虽然已经退休很多年了,但消息依然灵通。你也许认为年轻人是社会不安的罪魁祸首,但那并不是他们担心的对象。他们——不管这个'他们'是谁——恰恰是利用年轻人来达到他们的目的。每个国家的年轻人。他们抗议,示威,喊出各种激动人心的口号,也许连自己都未必知道这些口号的含义。发起一场革命真是太容易了。这是年轻人的天性。所有年轻人都是叛逆的。他们反叛,推翻旧世界,让它变个模样。但他们是盲目的,年轻人的眼上都蒙着绷带。他们看不清前进的方向,接下来怎么办?他们将面临什么?谁是幕后那些催促他们前进的人?这就是可怕的地方。你知道吗?这就像有人拿着一根胡萝卜在前面引诱驴子前进,而同时还有人在它后面拿着一根棍子鞭策它。"

"您的想象力真是太丰富了。"

"亲爱的，这可不仅仅是想象。人们就是这样说希特勒的，希特勒和他的青年团。然而这需要漫长而精细的准备工作。那是一场精密策划过的战争。他们就是希特勒的第五纵队，根植在每一个国家，等待着'超人'的呼唤。而这些'超人'将成为日耳曼国家的希望之花。这就是他们热情的信仰。目前，有些人好像也被这种类似的思想操纵着，就像信众追捧的一个信仰，如果他们把它描绘得足够好的话。"

"您说的是谁？是那些俄国人吗？这是什么意思？"

"我也不知道，一点儿也不明白。但是在某些地方发生着某些事情，而且它们都有着相似的特征。你看，这就是我刚才说的模式。模式！俄国人？他们已经陷入共产主义，不能自拔。依我看，他们玩不出什么新花样。我也不知道现在在策划的都是些什么人。就像我刚才说的，人们不知道为什么、在哪儿、什么时候，以及有哪些人，所以他们才担心。"

"很有意思。"

"这太可怕了，这种想法频频出现，历史重蹈覆辙。年轻的英雄，金光闪闪、众人膜拜的超人。"她停了一下，然后说道，"一样的想法，你知道，就像年轻的齐格弗里德。"

第七章　玛蒂尔达姑婆的忠告

玛蒂尔达姑婆端详着他,她的目光锐利而精明,斯塔福德·奈伊以前就注意到了,而这一次格外明显。

"这么说你之前听过这个词了,是吗?"她说。

"您这是什么意思?"

"你不知道?"她扬起眉毛。

"要不要我把心掏出来给你看看?"斯塔福德爵士像小时候那样无辜地说。

"哦,我们小的时候也总爱这么说,不是吗?"玛蒂尔达夫人说,"你真的不知道?"

"我一点儿都不明白。"

"可是你之前听过这个词?"

"是的,有个人对我这样说过。"

"一个很重要的人?"

"也许吧,我想是的。您所谓的'重要的人'是什么意思?"

"这个嘛,你最近参与了很多政府工作,是这样吧?为了代表这个可怜的国家去参加各种会议,进行谈判,你一定比常人付出了更多的努力,虽然也许我不该这么想。不知道你们可曾谈出什么结果?"

"恐怕没谈出什么结果,"斯塔福德·奈伊说,"毕竟面对这些事,人们总是不太乐观。"

"尽力而为。"玛蒂尔达夫人纠正道。

"这是基督的基本教义。可是现在人们经常'尽力不为',结果反而得到更多好处,这又是为什么呢?您知道吗,姑婆?"

"我想我也不明白为什么。"他的姑婆说。

"可是,您总是能参透一些事情。"

"也不尽然,我只是这里听来一点儿,那里听来一点儿。"

"哦?"

"你知道,我还是有些活着的老朋友的,一些了解形势的朋友。当然,他们当中的大多数不是聋得像块石头,就是半个瞎子,要不然就是有点儿健忘,或者走路歪歪斜斜的。不过,某些部件仍然运转正常,这里的某些部件,"她敲了敲自己那满头白发梳理得整整齐齐的脑袋,"现在的形势紧张,悲观情绪泛滥,情况比以前严重。这也是我从别人那里听来的。"

"不是一向都是这个样子吗?"

"是的,没错,不过现在更严重一些。行动取代了沉默,就像你说的,已经有很长一段时间了。我从外面观察到,而你,当然是从里面注意到的,我们都看出来了,形势乱得像团麻。不过现在,我们都发现在这团麻当中好像有某些动静。这是一种危险的行动,有什么事情正在发展,酝酿,不止是在一个国家,而是同时在许多国家进行。他们招揽了一群雇佣军,而危险就在于这是一群年轻人。他们愿意去任何地方,做任何事情,不幸的是,他们相信一切,而且,一旦向他们许诺推翻旧世界的种种恶行,他们就认为动机是好的,世界将因此变成另外一个样子。麻烦就在于,他们所做的并非创造而是毁灭。有创造力的年轻人写诗著书,也许作曲画画,就像往常一样。这样就很好——可是,一旦他们爱上毁灭，为了破坏而破坏，邪恶的势力就会趁机而入。"

"您一直说'他们'，指的到底是谁？"

"但愿我知道，"玛蒂尔达夫人说，"是呀，我也很想知道他们是谁，非常想知道。如果我听到什么有用的消息，会告诉你的。然后，你就可以采取点儿行动。"

"可惜，我不能告诉任何人，我是说把这些有用的消息传出去。"

"嗯，不要随便告诉别人，你不能相信任何人。千万别把这些话告诉那些为政府工作，或者跟政府有关，或者想等这一切了结之后为政府效力的蠢货们。政客们根本没时间来关心他们身处的这个世界，他们只看得到自己的国家，并且只把它当做自己竞选的平台而已。现在这已经够他们操心的了。他们做了自认为对人民有益的事，结果却诧异于民众的不满，因为这些事并不是人民真正想要的。结果，人们就会自然得出一种结论，那就是：政客们都觉得自己有一种为正义而说谎的神圣权利。以前可不是这样，这大概始于伯温先生的那句名言——'如果我说了实话，就会失去选票。'首相们仍然这么想。感谢上帝，还能让我们不时碰上几个好人，但实在是太少了。"

"那么，您觉得该做些什么呢？"

"你问我的意见？我吗？你知道我今年多大了吗？"

"快九十了吧？"她的侄孙猜测着。

"才没有那么老呢！"玛蒂尔达夫人显出些微的不悦，"亲爱的，我像九十岁了吗？"

"没有，亲爱的姑婆，您看起来也就六十六岁。"

"这还差不多，"玛蒂尔达夫人说，"虽然不是真话，但听上去顺耳多了。但愿我能从一个老海军上将朋友，或者一位老将军，甚至是一位空军元帅那儿得到一些内幕消息——你知道，他们的消息还是很灵通的——他们还跟以前的老朋友经常联系，一起聚会聊天。消息就这样传开了。秘密情报网一直都有，现在依然如此，不管这些人多大年纪了。年轻的齐格弗里德。我们需要一点儿线索来解开这句话的真正含义。我不知道这是否指的是一个人，或者一句暗号，又或者是一个俱乐部的名字，一个新的救世主或者流行乐歌手。不管怎样，这句话里隐藏着某种信息。还有那段主旋律。我已经把瓦格纳忘得差不多了。"她用那衰老而沙哑的声音哼出一小段几乎无法辨识的旋律，"是齐格弗里德吹响号角时的旋律，对不对？为什么不去弄根笛子？我说的是竖笛，而不是放在留声机上的唱片[①]——我指的是现在那些小学生们玩的东西。社区还有专门的课教孩子们怎么演奏这种乐器。有一天我还去听了一次，是教区牧师办的，挺有意思的。课上讲了竖笛的历史，以及伊丽莎白时期之后竖笛的种类。有大的，小的，音调和声色都不一样。非常有趣。从两方面来讲都很有趣——竖笛本身和它的历史。有些笛子的声音还挺好听。哦，我说到哪儿了？"

"您让我去弄个录音机，我想应该是这里吧。"

"对，去买支竖笛，然后学学那段齐格弗里德的号角乐，把它吹出来。你一向很有音乐天赋。我想你能做到，没问题吧？"

"哦，看上去只是其中的一小部分，我保证没问题。"

"把这些东西准备好。因为，听着——"她用眼镜盒轻轻地敲了敲桌子，"它可能会在某个时候起作用，使某个人误以为你是他们的人，从而张开手臂，欢迎你的加入。这样一来，你不就

---

① 英国竖笛与唱片是同一个单词，recorder。

能探听到消息了吗?"

"您的主意的确高明。"斯塔福德爵士不无钦佩地说。

"到了我们这种年纪,除此之外还能做什么?"老姑婆说,"你不能到处乱逛,也不能管太多闲事,更不能去花园里摆弄花草。能做的就是坐在椅子上,转转脑子。再过四十年,你就知道这种滋味了。"

"您刚才说的话里有一句让我很感兴趣。"

"只有一句?"玛蒂尔达夫人说,"我说了那么多,你就对一句感兴趣?这比例也太低了。哪一句?"

"您说我可能会通过我的竖笛给某个人留下一种特别的印象,您是说真的?"

"这也是个办法,不是吗?好人就无所谓了,但是如果他们是坏人——不过,你还是得把事情弄明白,不是吗——你就必须打入他们的内部。就像一只报死虫①。"她若有所思地说。

"这么说我得在晚上弄出点儿声音来喽?"

"嗯,就是那样,没错。这幢老房子的东厢就出现过这种报死虫,把它清除掉花了我不少钱呢。我敢说,把整个世界弄干净也不会比这贵多少。"

"事实上还是要贵很多的。"斯塔福德·奈伊说。

"这倒没关系,"玛蒂尔达夫人说,"人们从不在乎大把大把地花钱,这让他们觉得自己了不起。你要是想省着花,他们还就不跟你玩了。你知道,每个人都是这样,我是说在这个国家,从来都是这样。"

---

① 报死虫,学名为红毛窃蠹。为吸引配偶,报死虫会在安静的夏夜敲击老旧建筑的屋椽,制造声响。因此,它们时常与寂静的不眠之夜联系在一起,并被命名为死者或将死者的守望虫。迷信者进而将其视为死亡的征兆。

"您这么说是什么意思?"

"我们是善于做大事的民族,我们能建立起一个大英帝国,却不善于经营。不过之后你也看到了,我们不再需要帝国主义,那太难维持了。这都是罗比跟我讲的。"她补充道。

"罗比?"这个名字有点儿耳熟。

"罗比·绍尔汉姆。罗伯特·绍尔汉姆。一个老朋友了,左边的下半身已经瘫痪,但他还能说话,而且有个相当不错的助听器。"

"还是世界上最著名的物理学家之一,"斯塔福德·奈伊说,"这么说他也是您的'密友'之一喽?"

"我们认识的时候,他还是个男孩,"玛蒂尔达夫人说,"我们有很多相似的地方,喜欢在一起交谈。你是不是挺奇怪我们能成为朋友?"

"哦,我没想到——"

"没想到我们有那么多话说?没错,我对数学一窍不通。幸运的是,在我们小时候,女孩子并不需要那么用功。罗比很小的时候就能把数学学得很好了,那时他大概四岁吧。现在人们说这很正常。他总是有很多话。我那时很淘气,时常把他逗笑,所以他一直很喜欢我。而且,我还是一个很好的听众,真的,有时候他会讲些特别有意思的事情。"

"这么说——"斯塔福德·奈伊酸溜溜地说。

"别跟我没大没小的!莫里哀娶了他的女佣,对吗?而且因此名声大噪——如果我没记错的话。天才往往不喜欢娶一个同样是天才的女人,那多累呀!他更喜欢要一个可以让他开心的可爱的笨女人。我年轻的时候长得可不差,"玛蒂尔达夫人得意地说,"我知道自己没什么学历,但也不是最笨的。罗伯特总是说我脑子挺灵的。"

"您的确是个可爱的人,"斯塔福德·奈伊爵士说,"我很喜欢来看望您,而且会记住您说的每一句话。我想您一定还有很多话可以跟我说,不过显然现在还不想说。"

"等到合适的机会吧,"玛蒂尔达夫人说,"不过,我会关注你的一切。随时让我知道你的进展。下个星期,你要去美国使馆赴宴,对吗?"

"您是怎么知道的?我收到了请柬。"

"我想你会去的吧?"

"嗯,职责所在。"他好奇地望着她,"您的消息怎么这么灵通?"

"哦,是米莉告诉我的。"

"米莉?"

"米莉·琼·柯曼,美国大使夫人。一个非常迷人的尤物。身材娇小,相貌堪称完美。"

"哦,您是说米尔德丽德·柯曼。"

"那是她受洗的名字,不过她还是喜欢米莉·琼这个名字。我跟她通过电话,好像是关于一个慈善音乐会什么的活动——她就属于我们常说的那种袖珍型维纳斯。"

"这倒是一个很迷人的说法。"斯塔福德·奈伊说。

第八章　使馆晚宴

1

当柯曼夫人向他伸出手来表示欢迎的时候,斯塔福德·奈伊想起了玛蒂尔达姑婆对她的形容词。米莉·琼·柯曼大概三十五岁到四十岁。相貌精致,一双蓝灰色的眼睛,发型非常完美,头发是那种透着蓝色的灰色,显得非常迷人,与她那完美的妆容十分相称。她是伦敦社交界的名人。她的丈夫——山姆·柯曼——是个身材魁梧、略显笨重的大块头。他很为自己的夫人自豪。他本人是那种讲话很慢而且有点儿唠叨的人。有时候,他会在一个没必要解释的问题上说很久,于是听众听着听着就走了神。

"刚从马来亚回来吧,斯塔福德爵士?这趟差还有意思吗?我可不会选这个时间去那儿。不过,我相信大家都很高兴看到你回来。让我想想。你认识奥波罗夫人和约翰爵士吧?还有范·洛肯先生、范·洛肯太太。那边是史戴根南先生和夫人。"

这些人斯塔福德·奈伊都认识,只是熟识的程度不同而已。现场有一个荷兰人及其夫人他没见过,他们刚刚到任。史戴根南先生是社会安全部的部长,那是一对很无趣的夫妻,他一直都这么觉得。

"这位是丽娜塔·柴科斯基女伯爵,她说之前见过你。"

"应该是去年吧,我上次在英国的时候。"女伯爵说。

居然是她,那位法兰克福的乘客。

她镇定自若,身着一袭浅灰蓝色长裙,上面点缀着几簇灰鼠毛,亭亭玉立。她的头发高高地盘在头顶,脖子上戴着一条款式古典的红宝石十字架项链。

"这是加斯帕罗小姐,瑞特诺伯爵,阿布斯诺先生和夫人。"

一共有二十六个人。在餐桌上,他的位子一边是沉默寡言的史戴根南夫人,另一边是来自意大利的加斯帕罗小姐。丽娜塔·柴科斯基坐在他的正对面。

使馆的晚宴正如他经常参加的那些宴请,来的客人都是相同的几类人。外交官、副部长、一两个实业家,通常还会有几位社会名流,因为他们都是善于交流、令人愉快的人物。不过,会有一两个,斯塔福德·奈伊心想,会有一两个与众不同。加斯帕罗小姐是个话匣子,跟她聊天很有意思,但此人稍显轻浮。就在他与加斯帕罗小姐聊天的过程中,他的心思跟随着他的目光观察着桌上的客人,虽然这种观察并不很明显。当他环顾餐桌上的来宾时,人们并不会想到他正在做着某种总结。他被邀请来参加这个晚宴有什么目的吗?有什么原因吗?或者根本没有什么特殊的目的,只是因为这回"轮"到他了。使馆的秘书都有一张名单,轮流邀请上面的人,或者是作为孤身赴宴的男士或者女士来平衡席间的男女比例。他经常被抓来充当这种角色。

"哦,对了!"某个外交官夫人会说,"斯塔福德·奈伊很合适。可以把他安排在某某夫人或者某某小姐旁边。"

也许这就是他今天被邀请来的理由。但是,他思索着。经验告诉他,肯定还有别的什么原因。于是,他开始用敏锐而友善的目光观察在场的来宾,但给人的感觉并不是死盯着某个人看。

在这些宾客当中,也许有某个重要人物。这个人并非被叫来充数,而是恰恰相反,有目的地挑选了一些人来参加这个晚宴。一个重要人物。他思索着,思索着这个人会是他们当中的哪一个呢?

柯曼当然知道,米莉·琼也许知道。男人们永远无法真正了解他们的太太。在外交方面,有些女性比她们的丈夫做得更出色。有些人值得信赖,就是因为她们的魅力、适应能力、乐于助人的品质和有限的好奇心。当然也有一些外交官太太,他不无伤感地想,对她们的丈夫来说简直就是灾难。这些女主人,也许她们为外交婚姻带来了某种名誉或者财产,但是随时会说错话或者做错事,将外交官置于不幸的处境。如果想避免这种情况发生,他们可能需要一两个甚至三个来宾来专门为她们打圆场。

今晚的宴请纯粹是一次社交活动吗?现在他那敏锐而警觉的目光已经把桌上的宾客浏览了一遍,其中有一两个人他没看透。有一个美国商人,为人和善,但不善于沟通;一位来自中西部大学的教授;还有一对夫妇,先生是德国人,太太是个强势甚至有点儿傲慢的美国人,也是个漂亮女人,性感而迷人,斯塔福德爵士心想。那个重要人物是他们当中的某个人吗?他的脑海里浮现出几个缩写名称。FBI,CIA,那个商人也许是中央情报局的,是带着任务来的。如今就是这样,跟以前不同了。那句话怎么说的来着?老大哥盯着你呢。是的,可如今还不止这些。大西洋彼岸的表亲盯着你,欧共体盯着你。做外交的困难就在这里,谁也不信任谁。的确,如今表面文章之下隐藏着很多不可告人的秘密。但这仅仅是一种新的做法吗?仅仅是另一种流行趋势?会不会还有别的,某种关键的、真实的东西?现在,人们是怎么谈论欧洲的?共同市场。好吧,这很公平,这是贸易,经济,是国家之间的关系。

这就是台上的戏，可是台下呢？幕后呢？有人在等待暗示，在需要的时候给台上的人提词。在这个大世界的台前幕后正在发生什么？他思考着。

有一些他知道，有一些是猜的，还有一些，他会对自己说，我什么也不知道，而且人们也不想让我知道。

他的目光停留在对面那个人身上，她的下巴微微扬起，嘴角微微上翘，露出礼貌的微笑，然后，他们的目光相遇了。他在那双眼睛里什么也没看到，也没从那微笑中看出什么。她来这里做什么？这里的她从容而淡定，她了解这个世界。是的，她在这里就像在自己的家里一样。他想，他可以不费太大周折就找出她在外交界的位置，但是其结果会是那个真实的她吗？

法兰克福机场里那个身穿便裤，贸然与他搭讪的年轻女子有一张急切而机智的脸庞。那是她的本来面目吗？还是说现在这个轻松随意的社交名媛才是真实的她呢？这其中的某种性格是她扮演出来的吗？如果是，会是哪一个呢？而且可能还不止这两种性格，他心想，他真想探出个究竟来。

也许，他在这里被介绍给她纯属巧合。米莉·柯曼站起身来，其他女士也都随她站起来。就在这时，一阵喧嚣声突然响起。声音从屋外传来。吵嚷声、呼叫声、玻璃窗被砸破的声音，人们的喊叫声，这其中还夹杂着某种——是的，肯定是枪声。

卡斯波洛小姐抓住斯塔福德·奈伊的手臂，嘴里嚷着："又来啦！我的天！又是那些可怕的学生。在意大利也是这样。他们为什么要攻击大使馆呢？他们打架闹事，与警方对抗，示威游行，喊着那些愚蠢的口号，还躺在大街上抗议。就是这样的，他们出现在罗马、米兰，就像害虫一样遍布欧洲的每一个地方。"

这些年轻人，他们为什么永远不知道满足呢？他们到底想要什么？"

斯塔福德啜着杯中的白兰地，听着查尔斯·史戴根南先生用他那浓重的口音展开一番宗教式的说教。骚动声渐渐平息，看上去警方似乎轰走了几个刺头。这种事情若放在以前，一定是很特别甚至需要警戒的事件，可是现在当局并不把它当回事。

"我们需要加强警力，更多警力，这些警察根本对付不了他们。到处都是这样，大家都这么说。这就是我们目前要做的。那天我还跟勒维兹先生说起这事呢。他们有他们的麻烦，法国也是这样，北欧还好些，没这么厉害。他们到底想要什么——就是找麻烦吗？告诉你吧，要是换了我……"

查尔斯·史戴根南大谈着他的杀手锏。对于这些很容易想到的招数，斯塔福德·奈伊装出一副洗耳恭听的样子，脑袋里却在转着另一码事。

"喊什么越南，他们知道什么，他们谁都没去过，对不对？"

"不太可能。"斯塔福德·奈伊爵士应道。

"今天晚上有国内的人跟我说，加利福尼亚闹得很厉害。在大学里面——如果当局够明智的话……"

这时，男士也都随女士来到休息室。斯塔福德看上去漫无目的地从容走过来，然后在一位金发女士身旁坐下。他跟这位女士还比较熟络，也是个话匣子，她说的话毫无智慧可言，却对熟人圈子里的消息异常灵通。他跟她有一搭无一搭地聊着天，无形中掌控着谈话的方向，现在，他已经听到了一些关于丽娜塔·柴科斯基女伯爵的内容。

"还是那么漂亮，是吧？她最近很少来了。大部分时间都待在纽约，或那个很棒的小岛上。你知道我说的是哪个，不是西班牙的米诺卡岛，但也在地中海上。她姐姐嫁给了皂业大王，至少我觉得可以称得上是皂业大王了。不是那个希腊人，好像是个瑞典人。财源滚滚哪。然后，当然了，很多时间她都住在多洛米提斯山上的某个城堡里——也许是慕尼黑附近吧——一个很有音乐氛围的地方，她一直都是那种人。她说你们以前见过，是吗？"

"是的，大概一两年前吧，我想。"

"哦，是吧，我想应该是她上次来英国的时候。他们说她现在掺和到捷克斯洛伐克的事情里去了，或者是波兰的破事。哦，亲爱的，这太复杂了，是吧。我是说那些乱七八糟的名字。什么 z 啊 k 啊什么的，太怪了，而且很难拼。她很有文化。你知道吗？她还发起请愿书让人们去签呢，给作家们提供政治避难什么的。没什么人真正关注这些事。我是说，现在的人除了担心税率以外，脑子里还有什么？旅行津贴多少有些帮助，但管不了大事。我是说，出国之前，你总得拿到钱吧。我不知道现在人们都是怎么搞到钱的，但他们的腰包都鼓鼓的。是的，都鼓鼓的。"

她得意地看了看自己的左手，上面戴着两枚镶嵌着整颗宝石的戒指，一枚是钻石的，另一枚是红宝石的。这似乎在告诉他，有人在她身上花了大把的钱。

晚宴接近尾声。他对那位法兰克福乘客的了解没比以前多多少。他知道，她戴着一副面具，一副经过精心雕琢的面具，如果我们可以这样形容的话。她喜欢音乐，对呀，他曾经在歌剧院与她碰面，不是吗？爱好户外运动，有在地中海上拥有私人岛屿的阔亲戚，支持自由作家运动，社会关系良好，活跃于社交界，没有特别明显的政治倾向，但是可能暗中属于某个组织。她经常旅行，从一个地方到另一个地方，从一个国家到另一个国家，行走于大亨、天才和文人之间。

有几次他想到了间谍,这似乎是最可能的答案,但他对这个结论还不太满意。

晚宴继续下去,终于轮到他接受女主人的招待了。在这方面,米莉·琼很拿手。

"我等了好久才跟你说上话,跟我说说马来亚吧。对于亚洲的那些地方我实在是无知得很,总是把它们搞混。说说那边的情况,有什么有趣的事吗?或者都无聊透顶?"

"我想你猜都猜得到。"

"哦,这么说是很无聊喽。不过,也许你不该这样说!"

"这您就错了。我能这么想,也能这么说。那儿真不是我的兴趣所在,您知道的。"

"那你为什么还要去呢?"

"这个嘛,我喜欢旅行,喜欢游览不同的国家。"

"你真是个有趣的人,在很多方面都是如此。哦,当然,所有外交生涯都很无聊,不是吗?我可不该这么说。这话我只对你一个人说。"

那双眼睛真蓝,蓝得像树林里的风信子。它们略微睁大,眉毛外侧略微下沉,而内侧则略微上扬,这让她的脸看上去就像是一只美丽的波斯猫。他实在搞不懂米莉·琼到底是一个什么样的女人。听她那细软的声音像是南方人;侧面看去,那美丽而小巧的头形,就像铜板上的浮雕。她到底是一个怎样的人呢?绝非傻瓜,他想。她可以在需要的时候耍耍社交手腕,在愿意的时候展露自己迷人的魅力,也可以变得神秘莫测。如果想从任何人那里得到任何东西,她就可以轻而易举地得到。此时,他注意到她那热切的目光。她对自己有所求吗?他不知道,但觉得这不太可能。只听她说:"你见过史戴根南先生了吧?"

"哦,是的,我们在餐桌上还一起聊天呢。以前没见过。"

"听说他是个很重要的人物,"米莉·琼说,"他是PBF的首脑,你知道吧?"

"我们真该记住这些名称,"斯塔福德·奈伊爵士说,"什么PBF、DCV、LYH,所有这些缩写名称。"

"真讨厌,"米莉·琼说,"太讨厌了,这些缩写名,一点儿个性都没有,没了人情味,只是缩写字母而已。这个世界太可恶了。我常常这样想,这真是个可恶的世界。我希望它能有所不同,很大、很大的不同——"

她真是这么想的吗?有一会儿他觉得她也许真是这么想的。有意思……

2

格罗夫纳广场静悄悄的,地上还残留着玻璃破片,还有鸡蛋,砸烂的番茄和一些闪闪发光的金属碎片。然而,仰望天空,星辰是如此平静。小轿车一辆接一辆地开到大使馆门口,接上宴罢将归的宾客。广场周边仍有些警察,但规模不大。宾客中的一个政客前去跟一位警官攀谈。他回到门口,小声说:"没逮捕多少人,就八个。明天上午就要上法庭了。还是平时那些人。里面当然少不了佩特洛内拉,还有史蒂芬那伙人。唉,他们迟早会厌倦这些的。"

"你的住处离这儿不远吧?"一个声音在斯塔福德·奈伊的耳边说,那是一个浑厚的女低音,"我可以顺路送你回去。"

"哦,不用了,我走回去刚好,就十多分钟而已。"

"不麻烦，真的，"柴科斯基女伯爵说，她还加了一句，"我就住在圣詹姆斯饭店。"

圣詹姆斯饭店是一家新开的饭店。

"谢谢你。"

等在面前的是一辆看起来很昂贵的大型出租车。司机打开车门，丽娜塔上了车，斯塔福德·奈伊爵士也随她上了车。她把斯塔福德·奈伊爵士的地址告诉司机。车开动了。

"这么说你知道我住在哪里？"他说。

"当然。"

他不明白这句"当然"是什么意思。

"的确如此，"他说，"你知道很多事情，对吗？"又说，"谢谢你把护照寄还给我。"

"我觉得这样可以省去一些不必要的麻烦。如果把它烧掉可能更简单些。我猜，你已经拿到新护照了吧？"

"你猜得没错。"

"你可以在衣柜最下面的一个抽屉里找到那件斗篷，我已经叫人在今晚把它放回去了。我想，如果买件新的，你可能不会喜欢，而且要找到一件一模一样的又不太可能。"

"在经历了某些探险之后，它对我来说更有意义了，"斯塔福德·奈伊说，然后又补充道，"它完成了它的使命。"

汽车轰鸣着穿过黑夜。

只听柴科斯基女伯爵说：

"是的，它完成了使命，所以我才能活到现在……"

斯塔福德·奈伊爵士没再说话，他有种感觉，不知对错，他觉得她想让他提问，追问她做了什么，是如何转危为安的。她希望他表现出好奇的样子，可斯塔福德·奈伊爵士偏不。他更愿意反行其道。他听到她轻声笑了。然而,他此时希望这是开心的笑、满足的笑,而非出于无奈。他为自己的想法感到意外。

"今天晚上过得开心吗?"她问道。

"很好,米莉·琼的宴会一向办得很好。"

"这么说你很了解她?"

"早在纽约的时候我们就认识了,那时她还没结婚。一位袖珍维纳斯。"

她看着他,显出一丝惊讶。

"这是你对她的评价?"

"实际上不是。是一位年长的亲戚对我说的。"

"是啊,现在人们已经很少这样形容女性了。我觉得很贴切。只不过——"

"只不过什么?"

"维纳斯是具有诱惑力的,她也是吗?她也有野心吗?"

"你觉得米莉·琼·柯曼是有野心的人?"

"嗯,是的,尤其如此。"

"你觉得美国驻英大使夫人的头衔还不足以满足她的野心吗?"

"哦,才不呢,"女伯爵说,"这只是开始。"

他并没有搭腔,透过车窗望着外面。他刚要说话,又停了下来。他注意到她扫了他一眼,但也什么都没说。两个人一直沉默着,直到车子开上泰晤士河上的一座桥。这时他开口说道:

"看来你并不打算送我回家,而你也没打算回圣詹姆斯饭店。我们过河了。我们曾在桥上见过一面。现在你要带我去哪里?"

"你介意吗?"

"我想是的。"

"是的,我看出来了。"

"哦,我早就该知道你是干这行的。现在很流行绑架,不是吗?我被你们绑架了,为什么?"

"因为,就像上一次,我需要你的帮助。"她又补充道,"其他人也需要你的帮助。"

"是吗?"

"这还不能让你满意?"

"我宁愿受到邀请。"

"假如我送上请帖,你会来吗?"

"也许会,也许不会。"

"很遗憾。"

"真的?"

车子继续前行,两个人再一次陷入沉默。车子行驶在一条主干道上,而不是乡野间的偏僻小路。沿途偶尔有一些招牌和路标,借着灯光跳进斯塔福德·奈伊的视野,所以他能很清楚地知道正在前进的方向。车子穿过萨里郡和苏塞克斯郡的一些住宅区。他有时觉得他们在兜圈子,或者是在迂回前进。但是就连这点他也不能确定。他很想问问身边这个人,他们这么做是不是怕被人从伦敦跟踪。但他毅然决然保持沉默。该说话的是她,该由她来向他提供信息。他发现,即使有了对她的进一步了解,她仍然是一个神秘莫测的人。

他们正行驶在通往乡间的路上,此前他们刚刚结束了伦敦的一次聚会。他相当确定,他们所乘坐的不是一般的出租车。这是事先计划好的。完全讲得通,对此他毫无疑问。他猜想,他大概马上就会知道他们的目的地了。除非车子一直开到海边。那也不是不可能,他心想。黑索米尔,他在一块路牌上看到这个名字。

现在他们正沿着戈德尔明的外围驱车前行。一切都是如此坦荡而阔达。这里是有钱人富饶的田园。怡人的树林，漂亮的住宅。车子转了几个弯，终于放慢了速度。看来他们就要到达目的地了。车子经过一道双开大门，一座白色的小门房，然后沿着车道徐徐前行，车道两侧种着修剪齐整的杜鹃花。车子转过一个弯，朝一幢房子开过去。

"金融新贵青睐的都铎风格。"斯塔福德·奈伊爵士自言自语道。他的同伴好奇地转过头。

"只是一种看法，"斯塔福德·奈伊说，"别在意。看来我们已经到达你选择的目的地了？"

"你好像不太喜欢这样。"

"四周的环境维护得很好，"斯塔福德爵士说，车子绕过弯，他看见车灯照亮的地方，"维持这些地方并且使之正常运转，要花不少钱呢，我承认这是一幢很舒适的住宅。"

"舒适有余但美观不足。相对于美观而言，房子的主人更在意舒适。"

"这也许是明智的选择，"斯塔福德爵士说，"不过在某些方面，他还是很懂得欣赏美的，某种美。"

车子在明亮的门廊下停下来。斯塔福德爵士先下了车，然后向他的旅伴伸出手臂。这时，司机已经跑上台阶去按门铃。当他们拾级而上时，司机以询问的目光注视着眼前的这个女人。

"您今晚不再需要我了吧？小姐。"

"是的，没事了。明早我们会打电话来。"

"晚安。晚安，先生。"

门内传来一阵脚步声，然后门开了。斯塔福德爵士原本以为会出现一位管家，没想到却是一位身材高大的客厅使女。灰色的头发,双唇紧紧地抿着,绝对是一个可靠而精明能干的人,他想。无价资产,而且现在已经很难找到这样的人了。值得信赖,该厉害的时候绝不手软。

"恐怕我们迟了一点儿。"丽娜塔说。

"主人在书房。他让您和这位先生一到就去那里见他。"

第九章　戈德尔明郊外的房子

使女带路走上宽阔的楼梯,他们两人跟在后面。嗯,斯塔福德·奈伊心想,的确是一幢很舒适的房子。詹姆斯一世时期的壁纸,切割得异常难看的橡木楼梯,但每一层都浅浅的,走上去很舒服。墙上的画都是精心挑选的,没有特别倾向于某一位艺术家。有钱人的房子,他想。房子的主人品位还不错,但是比较传统。深紫色的厚地毯踩上去很舒服。

上了一层楼后,卫兵模样的使女走向过道的第一道门。她打开门,站到一旁让他们进去,却没做任何通报。女伯爵率先走进去,斯塔福德·奈伊爵士跟在其后。他听到门在他身后轻轻地关上了。

房间里有四个人。一张宽大的写字台上堆满了纸张、文件、一两张摊开的地图和一些其他可能正在讨论的文件。写字台的后面坐着一位蜡黄色面容的高大臃肿的男人。斯塔福德·奈伊爵士以前见过这个人,但是此时想不起来他的名字了。那是一个不经意的相遇,却是在重要的场合。他应该知道的,没错,他肯定知道。可是,怎么就是想不起那个名字了呢?

坐在写字台后面的那个人稍显困难地站起身,握住丽娜塔女伯爵伸出的手。

"你们到了,"他说,"很好!"

"是的,让我来介绍一下,虽然我想你们也许见过了。这位是斯塔福德·奈伊爵士。这是鲁滨孙先生。"

对了。斯塔福德·奈伊爵士的脑子里有样东西像照相机的闪光灯一样闪了一下。随之而来的还有另外一个名字——派克威。若说斯塔福德了解鲁滨孙先生的一切,那是不对的。他所知道的只是鲁滨孙允许让他知道的一切。他的名字,就像所有人知道的,叫鲁滨孙,而事实上也许是任何一个有外国渊源的名字。从来没有人提出过这种问题。人们同时也通过外表来记住他。凸出的前额,忧郁的深色眼睛,宽宽的嘴巴,和那两排白得出奇的牙齿——大概是假牙吧,却让人不禁想起小红帽里面的台词:"正好用它把你吃了,我的孩子!"

他也知道鲁滨孙先生代表着什么。一个字就足以形容了,那就是"钱"。各种各样的"钱"。国际的、全世界的、私人房产、银行,这些都不是一般人所能想象的。你不会认为他是一个有钱人,虽然他的确十分富有,但这并不重要。他是个"理财专家",一个出色的银行家。他的个人品位也许很简单,但斯塔福德·奈伊爵士怀疑是否真的如此。相当讲究的舒适度,甚至奢华,就是鲁滨孙先生的生活之道。但仅此而已。原来这一切神秘的事件背后,有着金钱的力量。

"前两天还听人提起你,"鲁滨孙先生握住他的手说,"就是我们的朋友派克威。"

这就对了,斯塔福德·奈伊心想,现在他想起来上次见到鲁滨孙先生的情景了,当时派克威上校也在。他记得霍舍姆也曾经提起鲁滨孙先生。这么说,现在这里面有玛丽·安——或者是柴科斯基女伯爵——有那位坐在自己那间烟雾缭绕的办公室里眯着眼睛,不知道是要睡着还是刚睡醒的派克威上校,还有这位有着一张蜡黄色大脸的鲁滨孙先生。他看了看房间里的另外三个人，想看看是否认识他们，认出他们所代表的利益，或者猜出他们的身份。

至少有两件事根本不用猜。那个坐在壁炉旁高背椅上的老男人是一个闻名全英国的人物。椅子的轮廓像一幅画框将他圈在其中。没错，他仍然是个众所周知的人物，只是最近很少露面了。他体弱多病，据说每出来一次都要承受身体上的巨大痛苦与不便。他就是阿尔塔芒勋爵。一张瘦削而憔悴的脸庞，高鼻梁；一头浓密的灰发从略微退后的发际线梳向脑后；两只很特别的耳朵，很像当时卡通画里的形象；他目光深邃而敏锐，像探针一样深入目光所及之处。此时它们正盯着斯塔福德·奈伊爵士。看到斯塔福德·奈伊朝他走过去，他伸出了手。

"我就不站起来了。"阿尔塔芒勋爵说。老人的声音细弱，仿佛来自远方，"我的背不行了。刚从马来亚回来，是吧，斯塔福德·奈伊？"

"是的。"

"值得走这一趟吗？我想你会说不值。也许你是对的。不过，生活就是这样，总会有一些多余的没用的东西，去装饰那些冠冕堂皇的外交谎言。我很高兴你今晚能来，或者说是被带来的。我想这是玛丽·安干的吧？"

看来他是这么叫她的，并且也是这样认为的，斯塔福德·奈伊心想。霍舍姆也是这么叫她的。这么说，她跟他们是一伙的了。至于阿尔塔芒，他代表着——现在他又代表着什么呢？斯塔福德·奈伊心里忖度着。他代表的就是英国，直到他的骨灰被埋进西敏寺或乡间的某个陵墓，这要看他自己怎么选了。只要他活着，他代表的就是英国。他就是英国，他了解英国，而且我敢说，他对英国的每一位政客和政府官员都了如指掌，即使他从未跟他们说过话。

只听阿尔塔芒勋爵说：

"这是我们的同事，詹姆斯·克利克爵士。"

斯塔福德·奈伊不认识克利克，似乎也从来没有听说过这个人。此人一副坐立不安的样子。目光锐利、充满怀疑，在任何事物上都不会停留太久。他很像一只急切地等待着命令的猎犬，只待主人的一个眼神，就会冲出去。

那么他的主人又是谁呢？阿尔塔芒还是鲁滨孙？

斯塔福德将目光转向第四个人。此时他已从靠近门边的椅子上站起身来。浓密的胡须，高挑的眉毛，警惕，沉默寡言，不知怎么让人觉得既熟悉又难以辨认。

"原来是你呀！"斯塔福德·奈伊爵士说，"你好，霍舍姆。"

"很高兴在这里见到你，斯塔福德爵士。"

真是一群颇具代表性的人物，斯塔福德·奈伊环视一周，心想。

他们已经为丽娜塔在靠近壁炉和阿尔塔芒勋爵的地方摆了把椅子。她伸出一只手，他注意到那是左手。老人双手握住那只手，足足有一分钟才放开。他说：

"你冒险了，孩子，这太危险了！"

她看着他，说道："这都是您教我的，这是唯一的生活之道。"

阿尔塔芒勋爵转过头看着斯塔福德·奈伊。

"我可没教你怎么选人，在这方面你有一种天生的禀赋。"他看着斯塔福德·奈伊，说道，"我认识你的姑婆，或者是你的太姑婆？"

"玛蒂尔达姑婆。"斯塔福德·奈伊马上答道。

"对,就是她。十九世纪九十年代的杰出人物,她有九十岁了吧?"

他接着说:

"我们不常见面,一年有一两次吧。但是每次她都让我为之一振——那脆弱的身躯里竟然蕴藏着如此强大的生命力。那些不屈不挠的维多利亚时期的人和那些爱德华时期的人,他们是有秘诀的。"

詹姆斯·克利克爵士说:"我去给你拿点儿喝的,奈伊,你喝什么?"

"杜松子酒,谢谢。"

女伯爵微微摆了下头,表示不要。

詹姆斯·克利克把奈伊的酒拿来,放在鲁滨孙旁边的桌子上。斯塔福德·奈伊并不打算先开口。有那么一会儿,办公桌后面的那双黑眼睛隐去了忧郁,突然眨了一下。

"有什么问题吗?"他问。

"太多了,"斯塔福德·奈伊爵士应道,"或许你们应该先解释一下,然后我再来问问题。"

"你想这样?"

"这样会简单些。"

"好吧,我们先来陈述几个基本事实。你可能是被邀请或者被强迫到这里来的,如果是被强迫的,可能会让你有点儿怨言。"

"他一向乐于被邀请,"女伯爵说,"至少他是这么跟我说的。"

"这很自然。"鲁滨孙先生说。

"我是被绑架来的,"斯塔福德·奈伊说,"很时髦,我知道,是现在很新潮的做法。"

他保持着几分戏谑的口吻。

"所以,我们给你机会提问。"鲁滨孙先生说。

"就简单的三个字:为什么?"

"是啊,为什么?我很欣赏你的言简意赅。这是一个私人组织——一个研究小组。研究世界上发生的重大事件。"

"听上去挺有意思。"斯塔福德·奈伊爵士说。

"不仅仅是有意思,我们的研究是直接而尖锐的。今晚,在这个房间里,有来自四种不同生活背景的人,"阿尔塔芒勋爵说,"我们代表着不同的行业。虽然我已经退休不再参与国家大事了,但仍然是可提供咨询的权威人物。我之所以在此,也是应这个组织的邀请来分析一下今年的国际局势,因为我们身边的确在发生一些事。在座的詹姆斯有他自己的特殊任务。他原是我的得力助手,也是我们的发言人。詹姆,给斯塔福德爵士简单讲讲我们的计划。"

在斯塔福德看来,那只猎犬抖擞了一下。终于轮到我上场了!看我的吧!他在座位上微微向前探了探身子。

"如果这个世界上发生了什么事情,你必须去找出原因。人们很容易看到表面现象,其实不然,但是这些并不重要,至少主席——"他向阿尔塔芒勋爵恭敬地点头示意,"和鲁滨孙先生以及霍舍姆先生是这样想的。一切皆如此。就拿自然界的动力来说吧,倾泻而下的瀑布可以用来发电。在沥青铀矿中发现的铀可以产生巨大的核能,而这是人类以前从未梦想或者探知的。人类发现煤矿后,煤为我们提供了交通、电力和能源。自然界的万物都能为我们所用。但是在每一件事的背后都有某些人在操纵。我们要找出这些势力背后的操纵者。这些势力实际上已经在欧洲各国逐渐壮大,而且已经蔓延到亚洲的某些地区。非洲还比较少,但是在美洲的南部和北部都已经有了。我们要透过这些表面现象,找到其背后的驱动力。而金钱就是其中之一。"

他朝鲁滨孙先生点了点头。

"我认为,对于金钱的了解,这世界上恐怕没有什么人能比鲁滨孙先生知道得更多。"

"其实很简单,"鲁滨孙先生说,"一些大型运动正在上演。而这些事件的背后必有金钱流动。我们得找出这些钱是从哪里来的,谁在操纵,他们是从哪里得来的,要花到哪里去,为什么。詹姆斯说得很对:我的确对钱的事了如指掌。只要是世人知道的,我都了然于心。然后就是你们所说的潮流。这个词我们现在总在用。潮流或者趋势——有很多不同的说法。虽然每个说法的意思不尽相同,但是它们之间都是相互关联的。我们可以说,现在出现了一种叛乱的趋势。回头看看历史,我们就会发现,叛乱出现了一次又一次,就像周期表一样不断重复,重复着同一个模式。叛乱的动机、方式与形式都大同小异。这在任何国家都不陌生。当某个国家发生了叛乱,其他国家也会发生,只是程度不同而已。这就是您的意思吧,先生?"他朝阿尔塔芒勋爵稍微侧了侧身,"您就是这么跟我解释的。"

"没错,你说得很清楚,詹姆斯。"

"它们都遵循着某种模式,某种必然的模式。当你发现它的时候,你就会一下子把它认出来。有段时间,十字军运动的热潮席卷了整个欧洲,人们争先恐后地朝圣地拥去。这太清楚了,这就是一个彻彻底底的决定行为模式。但是,他们为什么要去?这就是历史有趣的地方。研究这些欲望和模式形成的原因。然而,并非每次都能找到具体的答案。很多事情都能引发叛乱,对自由的向往，言论自由、宗教信仰自由，就像我之前所说的，一系列紧密联系的形式。这些欲望使人们移民海外，建立新的宗教体系。然而他们所建立起来的新的宗教往往与他们摈弃的旧宗教一样，充满了专横与残暴。但是，如果你仔细地观察这些现象，如果你进行了认真的研究，你就会发现引发这些现象和很多其他模式——我还要使用这个词——的根本原因。从某些方面来讲，它就像病毒感染的疾病。病菌可能被带到世界各地，翻山越岭，漂洋过海，其所到之处便被感染。显然，我们看不到它的传播过程，但是，即使是现在，我们也无法确定它是否一直真的存在。事出必有因。有因才有果。如果我们再探究下去，还要考虑到人。一个人——十个人——几百个人就可以成为或者造成某种成因。所以，我们要研究的不是后面的结局，而是造成这些原因的人。我们有十字军，有宗教狂徒，有自由的渴望，还有其他的所有形式，但是我们还要再往前追溯，一直伸到腹地。幻象、梦想。先知约珥曾写过：'愿老者有所梦，青年有所想。'而在这两者之中，谁更强大？梦想不会为我们带来毁灭，但是幻象将为我们开启新的世界——而且也可以摧毁现存的世界……"

詹姆斯·克利克突然转向阿尔塔芒勋爵。"不知道下面这件事是否有关联，先生，"他说，"我记得您曾经给我讲过一个故事，是关于驻柏林使馆的某个人。是个女的。"

"哦，那个？嗯，我当时觉得挺有意思。是的，也跟我们现在说的事有点儿关系。那是驻德国使馆的某位外交官的夫人，人既聪明又机灵，而且受过良好的教育。当时正值二战前夕，这位女士很想去现场听听希特勒的演讲，看看他的演说究竟能有多大作用。她很想知道他为什么能让每个听众都这么激动。于是，她去了。她回来后说：'真是太棒了！要不是亲自去，我绝对不会相信。当然，我德文懂得不多，但即便如此，我还是被他征服了。现在我明白了为什么人人如此。我是说，他的想法真是太棒了……它们燃起了你心中的火焰。他说的那些话。我的意思是，他让你觉得就应该这么想，让你觉得只有跟随他的领导才能缔造新世界。哦，我实在解释不来，我会把我记得的都写下来，然后拿给你们看，那样你们会更好地了解那种效果。'

"我跟她说，这倒是个好主意。第二天，她来找我，对我说：'我不知道你会不会相信，但当我想把我所听到的、也就是希特勒所说的话写下来的时候，我发现它们太可怕了，根本没什么可写的，我似乎记不起任何一句激动人心的话。我只记得几个词，但是当我把它们写下来的时候，它们好像已经不再是当时的意思了。它们变得——哦，它们变得毫无意义。我真搞不懂。'

"这是一个很危险的情况，我们并不能时时记住，但是它的确存在。有些人很善于向别人灌输狂热，灌输一种生活的幻想，以及实现这种幻想的可能。他们能做到这些，并非真正通过他们说的话，也不是你所听到的词汇，甚至不是他们所宣扬的理想与信念。而是另外的某种东西。这种磁石般的力量只有少数人拥有，用它激起某些事物，创造某种幻想。也许是通过个人的魅力，某个语调，也许是他们身体所散发出来的某种物质。我不知道，但是它的确存在。

"这种人具有某些力量。伟大的宗教领袖拥有这种力量，而邪恶的人也同样有这种力量。信仰生于某些运动、生于那些为创造新天地而付诸的行动。人们会相信它，为之努力、奋斗，甚至献出生命。"

他转而将声音降低："扬·史末资对此说过一句话。他说，领导力作为一种伟大的创造力，也可能是邪恶的。"

斯塔福德·奈伊在椅子上挪动一下身子。

"我明白您的意思。您的话不同寻常。我觉得您说的可能是对的。"

"但是你觉得这有点儿夸张,是吗?"

"我也不知道,"斯塔福德·奈伊说,"很多听起来夸张的事往往都是真的,只是我们从来没有听说过或者想到过而已。因此,当人们遇到这种事的时候,因为不了解,所以不得不接受。除此之外,别无他法。对了,我能不能问一个简单的问题?我们该如何处理这些事呢?"

"如果你怀疑这些事情是否真的发生了,你就必须把它们找出来,"阿尔塔芒勋爵说,"就像吉卜林[①]童话故事中的猫鼬一样:去把它找出来。找出钱是从哪里来的,这些想法是从哪里来的,还有这部机器——如果我可以这样形容的话——是从哪里来的。是谁在操纵它?总归有个领头的,对吧?还有总司令。这就是我们正在做的,我们想让你来帮我们。"

斯塔福德·奈伊爵士吃了一惊,他长这么大还没遇到过几次让他吃惊的事。也许之前也曾有过出乎意料的事,可是他都成功掩饰了自己的真实感受。但是这一次,情况不一样了。他的目光从房间里的一个人身上挪到另一个人身上。他看看鲁滨孙先生,那张蜡黄的脸和一口整齐的牙齿;然后看看詹姆斯·克利克爵士,一个急躁的话匣子——斯塔福德·奈伊爵士是这么觉得的——但是不管怎样,他显然是个有用的人,主人的一条狗,他在心里默念道。他看了看阿尔塔芒勋爵,波特椅的弧形罩盖在他头部,形成一个框。房间里的光线不是很强。这让他看上去就

[①] 约瑟夫·鲁德亚德·吉卜林(Joseph Rudyard Kipling, 1865—1936),英国小说家、诗人,诺贝尔文学奖获得者。

像某个天主教堂壁龛里的圣徒,一个十四世纪的苦行僧,一个伟大的人。是的,在过去,阿尔塔芒就是一个伟人。对此,斯塔福德·奈伊并不怀疑,可他现在已经老得快不行了。这也就解释了,他猜想,詹姆斯·克利克爵士存在的必要性以及阿尔塔芒勋爵对他的依赖。然后他将视线移到那位冷静而神秘的女人身上。是她把自己带到这里来的。这位女伯爵,或者玛丽·安,又或者达夫妮·席尔朵凡纳斯。她面无表情,甚至没有看他。他转了一圈,最后把视线停在保安亨利·霍舍姆的脸上。

却意外地发现,亨利·霍舍姆正朝他咧着嘴笑呢。

"可是,"斯塔福德·奈伊说道,他已经放弃了官腔,说起话来像个退回到十八岁,还在上学的男孩子,"我到底能帮上什么忙呢?我知道什么?坦白地讲,在外交界,不管从哪方面看,我都不算突出,是吧?外交部的人从不把我当回事,从来都没有。"

"我们知道。"阿尔塔芒勋爵说。

这回该轮到詹姆斯·克利克爵士笑了,而他的确这么做了。

"这样反而更好。"他说,阿尔塔芒勋爵对他皱起眉头,他又赶快补充道,"对不起,先生。"

"这是一个调查小组,"鲁滨孙先生说,"这跟你过去的表现没有关系,跟别人对你的看法也没有关系。我们要做的就是召集一些人来帮忙调查。目前我们的人还不多。我们让你加入,是因为我们认为你的某些特质对调查工作会有帮助。"

斯塔福德·奈伊朝那个保安转过头。"你觉得呢,霍舍姆?"他问道,"我不相信你会同意他们这么做。"

"为什么不同意?"亨利·霍舍姆说。

"真的?那我到底有哪些'特质'是你们看上的?坦白讲,连我自己都不相信自己有这个能力。"

"你不搞英雄崇拜,"霍舍姆说,"这就是原因。你是那种能看透谎言的人。你不世俗,不随波逐流,你有自己的一套价值观。"

这不是一个认真的男孩。这句话浮现在斯塔福德·奈伊爵士的脑海里。对于一个艰巨的任务而言,这似乎是个很奇怪的原因。

"我可警告你们,"他说,"我有一个致命的缺点,人们常常能看出这个问题,而且我已经因此丢了不少好工作,我想你们都明白这一点。我得说,对于这样一个重要的任务,我不是那种认真的人。"

"说了你可能不信,"霍舍姆先生说,"这就是他们选中你的一个原因。是吧,勋爵?"他看着阿尔塔芒勋爵。

"公务员!"阿尔塔芒勋爵说道,"告诉你吧,公务员一个最大的缺点,就是一旦当上了公务员,就把自己看得比谁都重要。我们觉得你不是这样的人。至少,"他说,"玛丽·安是这样想的。"

斯塔福德·奈伊爵士转过头。这么说她不再是女伯爵了。她又变成了玛丽·安。

"可以问你一个问题吗?"他说,"你到底是谁?我的意思是,你真的是一位女伯爵吗?"

"如假包换。正如德国人所说的,一生下来就是。我的父亲出身贵族,喜欢运动,是个出色的猎手。他在巴伐利亚有一处非常浪漫但有点儿破旧的城堡。那座城堡现在还在。就因为这样,我与欧洲有着很多联系,他们仍然很看重出身。在餐桌上,他们会让一位穷困潦倒的女伯爵首先落座,而让一位银行里存着大把美元的美国人等在一边。"

"那达夫妮·席尔朵凡纳斯呢?她又是哪儿来的?"

"对于护照来说,这是个很好用的名字。我的母亲是希腊人。"

"那玛丽·安呢?"

这几乎是斯塔福德·奈伊第一次在她脸上看到笑容。她看看阿尔塔芒勋爵,又看看鲁滨孙先生。

"也许,"她说,"是因为什么事情都要我来做,我就像个无所不能的女佣,被差来遣去,找东西,把东西从一个国家送到另一个国家,收拾残局,让干什么就干什么,让去哪儿就去哪儿。"她又看看阿尔塔芒勋爵,"是不是,奈德叔叔?"

"一点儿不错,亲爱的,你就是玛丽·安,而且永远都是我们的玛丽·安。"

"那次在机场你也带着东西吗?也是把某个重要的东西从一个国家带到另一个国家?"

"是的,有人知道了我带着那个东西。如果不是你帮我,如果你没有喝下那杯下了药的啤酒,如果你没有借给我那件颜色鲜艳的斗篷,真是太险了。有时候会发生意外。如果没有你,我就来不了这里了。"

"你当时带的是什么?或许我不该问,有没有什么我永远都不该知道的事?"

"有很多事是你永远都不会知道的,也有很多事你不该问。你刚才提出的那个问题,我想应该可以给你答案。那只不过是陈述一个事实而已,如果我能得到允许的话。"

她再一次看向阿尔塔芒勋爵。

"我相信你的判断,"阿尔塔芒勋爵说,"说吧!"

"告诉他,让他过过瘾。"詹姆斯·克利克狂妄地说。

霍舍姆先生说道:"我想你应该知道,我不会告诉你,但我是保安。说吧，玛丽·安。"

"一句话，我当时带着一张出生证明。仅此而已，我不会再告诉你更多事情，你问也没用。"

斯塔福德·奈伊看着这群人。

"好吧，我加入。很荣幸受到你们的邀请。现在，我们要做什么？"

"你和我，"丽娜塔说，"明天离开这里，我们去欧洲。你也许在报上看到了或者已经知道了，在巴伐利亚将举办一个音乐节。这是个新的音乐节，这两年才开始办。它有个很棒的德国名字，叫做'青年歌手会'，而且得到了几个国家政府的大力支持。它跟传统的音乐节和拜鲁特音乐节不同，有很多现代音乐——它为青年作曲家提供了一个展示自己才能的机会。虽然这个音乐节得到了一些人的赞赏，但也遭到了很多人的反对，被其他音乐节排挤。"

"是的，"斯塔福德·奈伊说，"我在报纸上看到过。我们要去参加这个音乐节？"

"我们已经预定了两场演出的座位。"

"这个音乐节对我们的调查工作有什么特别的意义吗？"

"倒也没有，"丽娜塔说，"只是一种借道而过的掩护。表面上我们是去参加音乐节，实际上我们要到另一个地方进行下一步的工作。"

他看了看其他人。"有指示吗？我该怎么做？会有人告诉我吗？"

"并非你想象的那样。这是一次探险，你要边走边学。就以你现在的身份去，你所知道的就只有这些。你是一个音乐爱好者，一个官场失意的外交官。其他的，你不知道反而更安全。"

"这些就是我现在需要做的吗？去德国、巴伐利亚、奥地利、提洛尔——那些地方？"

"那里是我们关注的焦点之一。"

"还不止一个？"

"当然，而且算不上最重要的一个。还有一些其他的地方，只是重要性和关注的程度不同而已。我们的工作就是找出各个地方的重要性。"

"我不了解其他地方，能告诉我吗？"

"只能给你粗略地讲讲。其中之一、也是我们认为最重要的一个中心位于南美洲。美国有两个总部，一个在加利福尼亚，另一个在巴尔的摩。瑞典有一个。意大利有一个。最近半年，意大利的组织变得非常活跃。葡萄牙和西班牙也有小一点儿的中心。当然，还有巴黎。还有一些正在形成，只是尚未发展成熟而已。"

"你是说马来亚，或者越南？"

"不，不，那都已经是过去的事了。那只是暴力运动、学生抗议和其他种种运动的战斗口号而已。"

"你要明白，现在他们做的是在世界各地壮大学生组织，来反对他们的政府，反对他们的传统，反对他们生来信奉的宗教。他们形成了放纵社团和越来越多的暴力社团。然而，他们所施行的暴力行为并非是为了掠夺财富，而是为享受暴力而暴力。形势已经非常严峻，而导致现在这种情况的原因，在相关人士看来是非常重要而且意义重大的。"

"放纵社团？这很重要吗？"

"这是一种生活方式，仅此而已。它在某种程度上被滥用，但还没有过度。"

"那毒品呢?"

"对毒品的狂热也已经被精心地策划与煽动起来。这给毒贩子带来了大把大把的钞票,但是这不仅是为了钱,至少我们是这样认为的。"

大家的视线都转到鲁滨孙先生身上,他慢慢地摇了摇头。

"的确如此,"他说,"表面看上去是为了钱,有人因此被逮捕,还判了刑。那些兜售毒品的人会被警察盯上。但是,这种事情的背后不仅仅是毒品走私这么简单。毒品走私只是赚钱的一种手段,一种极其恶毒的手段。但是,事情并没有这么简单。"

"可是谁——"斯塔福德·奈伊话到一半又停了下来。

"是谁?在干什么?在哪里?什么时间?这四个问题就是你这次的任务,斯塔福德爵士,"鲁滨孙先生说,"这就是你们要弄明白的。你和玛丽·安。这不是一件容易的事,而且,记住,这世界上最困难的一件事就是保守秘密。"

斯塔福德·奈伊饶有兴致地看着鲁滨孙先生那张胖胖的黄脸,也许他在金融界独当一面的秘诀就在于此。他成功的秘诀就是能够守住自己的秘密。鲁滨孙先生的脸上再次浮现出笑容。白晃晃的牙齿闪着光。

"当人们获得某种知识,"他说,"他们总是想让别人知道自己知道,或者说总是想谈论它。人们这么做,并不是因为想教给别人这种知识,也不是因为别人给他钱让他去教给他们,而是因为他们想显示自己的重要性。没错,就这么简单。实际上,"鲁滨孙先生把眼睛眯成一条缝,"这个世界上的所有事情都非常非常简单。只是大多数人都不明白这个道理。"

女伯爵站起身,斯塔福德·奈伊也跟着站了起来。

"希望你们睡个舒舒服服的好觉,"鲁滨孙先生说,"我认为这幢房子还是相当舒服的。"

斯塔福德·奈伊低声表示对此深信不疑,不久后他就证实了自己的判断。他的头一挨上枕头便睡着了。

第二部 探寻齐格弗里德

第十章 修洛斯的女人

1

他们走出青年节日剧院,夜晚的清新空气扑面而来。台阶下的小广场上有一家灯火通明的餐馆。山腰上还有一家,只是规模小一些。两家餐馆的价钱稍有不同,但都不贵。丽娜塔身着一身黑色天鹅绒晚礼服,而斯塔福德·奈伊爵士则是一身考究的晚礼服,系着白色领带。

"一群与众不同的听众,"斯塔福德·奈伊低声对他的同伴说,"大手笔。观众基本上都是年轻人。真难想象他们是怎么来的。"

"哦!可以找到赞助——的确有人赞助。"

"给优秀青年的津贴?是这样吗?"

"是的。"

他们朝山腰上的餐馆走去。

"我们有一个小时的时间用餐,对吗?"

"理论上是一个小时,实际是一小时十五分钟。"

"这些听众,"斯塔福德·奈伊爵士说,"大多数,我得说几乎全部,都是真正的音乐爱好者。"

"大部分是的。你知道,这很重要。"

"你所谓的'重要'是什么意思?"

"不管从哪种角度而言,这种狂热都应该是发自内心的。"她补充道。

"你这话到底是什么意思?"

"那些组织和实施暴力的人一定是热衷暴力的人,他们向往暴力,渴望暴力。他们热衷一切冲突、伤害和破坏活动。音乐也有着异曲同工之妙,我们的耳朵一定要领略到每一处旋律的美妙,这是装不出来的。"

"这两者可以合一吗?你是说暴力和对音乐或者艺术的热爱是一码事?"

"这的确不太容易理解,但是的确如此。很多人都是这样的。当然,如果他们不将二者混为一谈,就不会有这么多危险的情况发生。"

"最好还是简单些,就像我们的胖朋友鲁滨孙先生说的那样,对吗?让热爱音乐的人只热爱音乐,而喜欢暴力的人只喜欢暴力,你是这个意思吗?"

"我想是吧。"

"我在这里过得很开心,很享受白天和晚上度过的时光。但并不是所有的音乐我都喜欢,可能是我的审美还没那么新潮吧。不过那些服饰倒是挺有意思。"

"你是说舞台上的服装造型?"

"不,不,我是说听众。你和我都穿得比较传统,比较古板。你,女伯爵,穿着晚礼服,而我也打着领带,穿着燕尾服。根本谈不上舒服。而其他人呢,丝绸、天鹅绒、男士身上起了皱的衬衫,我还看到了几件真正的蕾丝。还有那些华丽的皮草,时髦的服饰,华丽得堪比十九世纪,或者可以说堪比伊丽莎白时期或者是范·戴克的画作。"

"没错,的确如此。"

"可是,我一点儿也不明白这些到底意味着什么。我什么信息都没得到,什么都没发现。"

"你千万不可以失去耐心。这是一场华丽的演出,它获得了青年人的支持和喜爱,而赞助商——"

"可是会是谁呢?"

"目前还不知道。不过我们会知道的。"

"很高兴你如此确定。"

他们走进餐馆坐下来。食物还可以,但没有任何装饰,也称不上奢侈。席间有一两个熟人和朋友过来打招呼。有两个人认出斯塔福德·奈伊爵士,表示很高兴、也很惊讶在这里看到他。丽娜塔的熟人就更多了,她认识更多外国人——衣着光鲜的女士们、一两位男士,大多是德国或奥地利人,斯塔福德·奈伊心想,还有一两个美国人。不过是几句寒暄而已。你从哪里来,到哪儿去,对音乐节票价的抱怨或者赞赏。大家都说不上两句话,中场休息留给进餐的时间不长。

他们回到座位听下半场的两首曲目。一首是年轻作曲家苏洛克诺夫的交响诗《在喜悦中瓦解》,另一首是激昂的《名歌手进行曲》。

他们再次走出剧场,两人租用的专车已在门口等候,随后将他们送回镇上那家高档的小旅馆。斯塔福德·奈伊向丽娜塔道晚安时,她低声对他说:"凌晨四点,做好准备。"

说完她径直走进自己的房间,关上了房门。他也回到自己的房间。

翌日凌晨四点差三分,他听到房门上轻轻抓挠的声音。他打开房门，一副整装待发的样子。

"车已经来了，"她说，"跟我来。"

2

他们的午餐是在山间的一家小客栈吃的。天气很好，山中的景色很美。有时斯塔福德·奈伊会想自己到底来这里做什么。对于身边的这位同伴，他越来越摸不透了。她很少说话。他看着她的侧脸，她要带他去哪儿？真正的目的是什么？终于，当太阳快要落山的时候，他才开口：

"我们要去哪里？我能问吗？"

"你当然能问。"

"可你并不会回答我的问题？"

"我可以回答。我可以告诉你，但是这些事对你来说有意义吗？我觉得，如果事先不给你做任何解释——在你真正见到某些事物之前，解释毫无意义——这些事留给你的第一印象就会更加强烈，意义也就更为重大。"

他又若有所思地看了看她。她穿着一件装饰着皮草的呢子大衣，看做工和款式都像国外制作的。给人的感觉很精干。

"玛丽·安。"他思索着说道。

话中流露出一丝疑问。

"不，"她说，"现在不是。"

"啊，你还是柴科斯基女伯爵。"

"此时此刻，我依然是柴科斯基女伯爵。"

"这儿是你的地盘？"

"差不多吧。小时候我就是在这个地区长大的。那时候，我们每年秋天几乎都会来这儿,到附近一个叫修洛斯①的地方去。"

他微笑着,若有所思地说道:"真是个好名字!一个以城堡命名的地方。听上去就那么坚固。"

"修洛斯人现在不是很团结了,那里已经基本上瓦解了。"

"这是希特勒的地盘,是吗?我们现在离贝希特斯加登②不远了吧?"

"它就在我们的东北方,很近。"

"你的亲戚朋友,他们接受希特勒吗?信他吗?也许我不该问这些问题。"

"他们不喜欢他和他所代表的一切。但是他们说'希特勒万岁'。他们默默地接受了自己国家的命运。他们还能做什么?那时候人们还能做什么?"

"我们正在朝多洛米蒂山前进,对吗?"

"我们在哪里、到哪里去很重要吗?"

"好吧,这是一次探险,是吧?"

"是的,但是并非地理上的探险。我们要找的是一个人。"

"你的话让我觉得——"斯塔福德·奈伊抬头望了望天际连绵起伏的群山,"我们好像要去拜访山中的老人似的。"

"你是说阿萨辛派③的首领?他用迷药把部下迷住,使他们甘心为他而死。他们杀人,同时知道自己也会被杀,但他们也相信,死后他们会马上登上天堂——完美的无尽的幸福。"

她停了一会儿,然后继续说道:

"这些蛊惑人心的人!我想他们已经存在几个世纪了。他们

---

①有城堡之意。
②闻名遐迩的希特勒"鹰巢"所在地。
③中世纪活跃于阿富汗至叙利亚山区的一个穆斯林异端教派,以秘密暗杀闻名于世。

摄取人的心魄，让人们时刻准备着为他们牺牲自己的生命。不光是阿萨辛教徒，基督徒也是如此。"

"神圣的殉道者？阿尔塔芒勋爵？"

"为什么说阿尔塔芒勋爵？"

"我突然觉得他那天晚上就给我这种感觉，他就像一座石雕，一座位于十三世纪的天主教堂里的石雕。"

"我们当中的某个人可能得牺牲。也许不止一个人。"

她打断他想说的话。

"我有时候还会想到另一件事。《新约》里的一句话——好像是《路加福音》里的一段。耶稣在最后的晚餐里对他的信徒们说：'你们是我的朋友和伙伴，可是你们当中有一个是叛徒。'因此，我们当中很可能也有一个叛徒。"

"你觉得有这个可能？"

"基本可以确定。一个我们熟悉而且信任的人，但是，深夜入睡后，他所梦见的并非殉教，而是三十块银币，甚至醒来时，还能感觉到它们在他手上的余温。"

"一个爱财的人。"

"应该说是一个野心勃勃的人。我们怎样才能认出叛徒？我们怎么才能知道？他是跟别人不一样的，他会激动——会为自己说好话——会表现得像个领袖。"

她沉默了一会儿，然后若有所思地说道：

"一个外交界的朋友曾经跟我说，有一次她告诉一位德国女士，说她在奥博阿默高观看的耶稣受难复活剧让她多么感动。但是那位德国女士一脸不屑地对她说：'你根本不懂。我们德国人根本不需要耶稣！我们有阿道夫·希特勒和我们在一起。他比任何一个基督都伟大。'那是一个相当漂亮的普通女人，但她就是这么想的。很多人都是这么想的。希特勒就是一个蛊惑人心的巫师。他说，他们听——并且容忍他的残暴、毒气室和盖世太保的折磨。"

她耸了耸肩，恢复了原来的声音："但不管怎样，你刚才所说的话让我感到很吃惊。"

"哪句话？"

"你说山中老人，阿萨辛的首领。"

"你难道想告诉我这里真的有一位山中老人？"

"不，没有山中老人，倒是有一个山中老妇人。"

"一个山中老妇人，她长得什么样子？"

"今天晚上你就能看到她了。"

"今晚我们做什么？"

"去赴个宴会。"丽娜塔说。

"你这个玛丽·安的角色好像已经扮演很久了。"

"在上飞机之前我会一直是这个人。"

"我觉得身居这么高的位置，"斯塔福德·奈伊若有所思地说，"可能对一个人的士气不利。"

"你是说我的身份？"

"不，我说的是地理位置。如果你生活在山顶的一座城堡里，俯视脚下的世界，这大概会让你轻视普通人，对吗？你是站得最高的、最伟大的人。那就是希特勒在贝希特斯加登时的感受，也是很多人爬到山顶俯视脚下山谷中其他人时的感受吧？"

"今天晚上你要格外小心，"丽娜塔警告他，"这可没那么容易。"

"有什么指示吗？"

"你是一个愤世嫉俗的人，对政府不满，对现实不满。你是一个叛逆者,一个秘密的叛逆者。你能做到吗?"

"尽力而为。"

四周的景色越来越荒凉,大型轿车沿山路蜿蜒而上,经过几个山间的村落。有时候可以看到脚下山谷里河流上星星点点的灯光,还有远处教堂的尖塔。

"玛丽·安,我们这是去哪儿?"

"去个鹰巢。"

山路又转过一个弯,车子穿过一片树林。斯塔福德·奈伊觉得自己不时能看到鹿或者某种动物掠过的身影。有几次,他还看到几个拿着枪穿着皮夹克的男人。大概是警卫吧,他想。不久后,他们终于来到一座位于峭壁上的雄伟城堡面前。城堡的一些地方已经坍塌,但大部分已经被修复和重建。城堡十分宏伟壮观,但没有任何新意,或者看不出有什么新意。它代表着已经消逝的、经历了几个时代的权势。

"这里最早是列支坦斯多大公国。修洛斯是路德维希大公爵在一七九〇年所建。"丽娜塔说。

"现在是谁住在这儿?现在的大公爵?"

"没有,他们早就灰飞烟灭,消失不见了。"

"那现在谁住在这里?"

"某个有现代权势的人。"丽娜塔说。

"有钱人?"

"是的,非常有钱。"

"难道我们要见的是鲁滨孙先生?他搭飞机来这里等候我们?"

"我们不可能在这里见到他,这一点我敢保证。"

"太遗憾了,"斯塔福德·奈伊说,"我还挺喜欢他呢!他的确是个人物,对吗?他到底是谁,是哪国人?"

"我想大概没有人知道这个答案。每个人的说法都不尽相同。有人说他是土耳其人,也有人说是亚美尼亚人,有人说是荷兰人,有人说他就是一个地地道道的英国人。有人说他母亲是切尔克斯奴隶、沙皇俄国的公主、一个印度伊斯兰教徒的女王等等。没有人知道真相。有个人曾经跟我说,他的母亲是来自苏格兰的麦克莱伦小姐。我觉得那也不是没有可能。"

车子在一个巨大的门廊前停下来。两个身穿制服的男仆从台阶上走下来。他们用夸张的鞠躬礼迎接到来的客人。男仆帮他们从车上取下行李。他们带了很多行李。一开始,斯塔福德·奈伊不明白为什么要他带那么多行李,但是他现在开始明白,他们会不时用到它们。也许,他心想,今晚就会派上用场。此时他脑海里仍然浮着几个问号,但是他的同伴并不打算给他答案。

晚餐前,他们被一声响亮的锣声召唤出来。他在楼梯口停下,等着跟她一起走下台阶。今晚,她穿了一身华丽的深红色天鹅绒晚礼服,颈上戴着红宝石项链,头上戴着一顶镶着红宝石的冠冕。一个男仆上前一步,引领他们前行。他推开大门,高声宣布:

"柴科斯基女伯爵和斯塔福德·奈伊爵士到。"

"上场啦!但愿我们的演出成功!"斯塔福德·奈伊爵士在心里默念道。

他颇为得意地低头看看衬衫上镶着蓝宝石与钻石的纽扣。几分钟之后,他惊讶得屏住了呼吸。眼前的景象完全超出了他的预期。这是一间巨大的厅堂,一派洛可可风格,椅子、沙发、锦缎和天鹅绒挂饰。墙上的画他一时无法全认出来,但他几乎马上就认出了一幅塞尚的作品、一幅马蒂斯的作品,还有一幅可能出自雷诺阿之手。他喜欢研究美术。这些名作的价值都是不可估量的。

　　一张硕大的如同王座的椅子上坐着一个体型庞大的女人。鲸鱼一般的女人,斯塔福德·奈伊心想,他实在想不出别的形容词来形容她。她其貌不扬,身躯肥大,如同整个人陷进了一堆脂肪。她的下巴推挤着,两层、三层,差不多有四层。她穿着一件呆板的橘红色绸缎裙子,头上顶着一个皇冠般硕大、镶满了各式珠宝的冠冕。她的手扶在锦缎扶手上,出奇的肥大,每个手指亦是肥大得已经没了形。而每根手指上都戴着一只镶着整颗宝石的戒指,一颗颗真正的宝石,他想。红宝石、绿宝石、蓝宝石、钻石、一颗他认不出的淡绿色宝石、绿玉髓,还有一颗黄色的宝石,如果不是黄玉就是黄钻。这个女人太可怕了,他心想。她整个人就像一摊肥肉,堆在那里。一张又肥又白的脸上堆满了皱纹,垂着肥肉。两只黑色的小眼睛就像一块大面包上的两颗葡萄干。她目光犀利地审视着这个世界,审视着他,但没有审视丽娜塔,他想。她认识丽娜塔。丽娜塔是被叫来的,被邀请来的,不管你怎么说吧。丽娜塔接到指令把他带来。他想知道为什么。他已经无法思考了,但是他很确定,她在看他,在观察他的一举一动,对他进行评判。难道她想要的是他?难道他就是,没错,他宁愿这么说,难道他就是客人要的?

　　我得弄明白她想要的是什么,他想。我得使出浑身解数,否则……否则他可以想象到,她会翘起一根戴着戒指的肥大手指,对其中一个高大魁梧的男仆说:"把他带出去,扔到城墙外面去。"这真是太荒谬了,斯塔福德·奈伊心想。现在不可能再发生这种事情了。我到底在哪儿?这到底是怎样一出戏?

　　"你们很准时,孩子。"

她的声音沙哑而虚弱,也许以前是充满力量的,甚至是充满磁性的,斯塔福德心想。现在却今非昔比。丽娜塔走上前去,微微行了一个屈膝礼。她抬起那只肥手,在上面礼貌地吻了一下。

"这位是斯塔福德·奈伊爵士。这位是夏洛特·冯·沃尔德索森公爵夫人。"

胖手向他伸过来,他学着外国人的样子颔首鞠了个躬。然后,她的话着实让他吃了一惊。

"我认识你的姑婆。"她说。

他看上去很吃惊,同时马上发现自己惊讶的表情让她颇为得意,但同时也注意到她事先就已经预料到自己的反应了。她笑了起来,那笑声既刺耳又诡异,一点儿也不迷人。

"也许我该说,我从前认识她。我们已经有好几十年没见过面了。那是在瑞士洛桑,我们还都是小姑娘呢。玛蒂尔达,玛蒂尔达·鲍德温·怀特小姐。"

"这真是个惊喜,回去我一定告诉她。"斯塔福德·奈伊说。

"她比我大几岁,近来身体还好吧?"

"在她这个年纪已经是很不错了。她现在住在乡下,生活安适。有一些关节炎和风湿痛的老毛病。"

"是啊,人老了都会得这些病。她应该打些普鲁卡因。这里的医生都这么做,很有效。她知道你来看我吗?"

"恐怕她根本没想到,"斯塔福德·奈伊爵士说,"她只知道我来现代音乐节。"

"说起音乐节,希望你玩得还算开心。"

"哦,很好。那个节日歌剧院很棒。"

"可称得上世界上最好的歌剧院之一了。相比之下,拜鲁特音乐厅简直就像综合学校里的小礼堂!你知道建那座音乐厅花了多少钱吗?"

她说出一个以百万计的数字,斯塔福德·奈伊听得目瞪口呆,他根本没必要隐藏他的惊讶。她很得意看到自己制造的效果。

"只要你有钱,"她说,"知道怎样用,而且还识货,这世界上就没有金钱办不到的事,钱能给你最好的。"

她在说最后三个字的时候流露出一种无上的得意,上下两片嘴唇翻动的样子让人看了生厌,同时又显出一点儿邪恶。

"我看出来了。"他环顾四壁,说道。

"你喜欢艺术?嗯,看得出来。东面墙上那一幅是塞尚存世的最杰出的作品。有人说那个——呃,我一时想不起那幅画的名字了,就是在纽约大都市博物馆里的那幅——更出色。他错了,马蒂斯、塞尚,所有这些艺术家的顶级作品都在这里,都在我这座山中的城堡里。"

"太棒了,"斯塔福德爵士说,"真了不起!"

有人端着各式饮品穿梭于宾客当中。斯塔福德·奈伊爵士注意到,这位山中老妇人什么都没喝。大概是怕血压升高吧,他心想。

"你是在哪里认识这孩子的?"小山般的巨龙问道。

这是一个陷阱吗?他不知道,但是他很快作出决定。

"在伦敦的美国大使馆。"

"哦,对了,我听说了。那个——我这会儿想不起来她叫什么名字了——哦,对了,米莉·琼,南方的继承人,她还好吗?是个讨人喜欢的女士,对吗?"

"十分迷人,她在伦敦的社交界很受欢迎。"

"而美国大使山姆·柯曼却是个很无聊的人吧?"

"一个很称职的外交官,这一点我很确定。"斯塔福德·奈伊礼貌地说。

她咯咯地笑起来。

"啊哈,油腔滑调。好吧,他的确干得不错,可以称得上是个优秀的政治家。而且在伦敦做大使是个美差。米莉·琼,她能让他过得很舒服。凭她那鼓鼓的钱包,可以给她的先生买到世界上任何一个地方的大使头衔。她的父亲拥有德州一半的油矿,还有土地、金矿,无所不及。一个粗俗的丑男人。可是,看看她,一位文雅的小贵族。不炫耀、不摆阔,很聪明,不是吗?"

"只要有钱,就没有什么办不成的事。"斯塔福德说。

"你呢?难道你没钱?"

"但愿我有。"

"现在外交部的俸禄不多了吗?"

"这个嘛,也不能这么说……毕竟,我们可以去很多地方,见到很多有意思的人,开阔眼界,了解一些世界局势。"

"一些局势,是的,但不是全部。"

"了解全部是非常困难的。"

"你是否曾经想知道——怎么说呢——生活中那些隐藏在幕后的活动?"

"人总会有些想法。"他故意装出一种并不热心的腔调。

"听说你就是这样的人,经常有些奇怪的想法,跟一般人不同的想法。"

"有时候我真觉得自己是奈伊家族中的败家子。"斯塔福德·奈伊说完笑了笑。

老夏洛特也咯咯地笑了起来。

"你倒是挺坦诚的。"

"何必作假呢？人们总能知道你在隐藏什么。"

她看着他。

"年轻人，你的人生目标是什么？"

他耸了耸肩膀，此刻仍是他该洗耳恭听的时候。

"没什么。"他说。

"哦，算了吧，你想让我相信这话？"

"您当然可以相信，我是一个没什么野心的人。难道看起来不是这样吗？"

"不像。"

"我的要求很简单，生活愉快、舒适、有得吃、有得喝，有几个趣味相投的朋友就够了。"

老女人向前探了探身子，使劲儿眨了眨眼睛，然后变换了一种颇为不同的语调，如同哨声一般。

"你没有恨吗？你不恨吗？"

"憎恨只能浪费时间。"

"哦，我看出来了，你脸上根本没有一点儿不满足的迹象。果真如此。可是，我还是觉得，你正准备踏上一条路，而这条路将把你带到某一个地方。你高高兴兴地沿着这条路走下去，似乎并不在意，但是最后，如果你能遇到正确的人给你正确的建议，帮助你，你可能会得到你想要的东西，当然，假如你也会'想要'什么的话。"

"如果这么说，"斯塔福德·奈伊说，"谁不是这样呢！"他望着她，轻轻地摇摇头，"您想得太多了，"他说，"太多太多了。"

仆人推开门。

"晚餐已备妥，请入席。"

整个过程都很正式,完全符合皇家的派头。大厅另一端的大门缓缓开启,向人们展示一间明亮的餐厅。餐厅的天花板上绘有壁画,从上面垂下三组巨大的水晶吊灯。两个中年妇人从两边分别朝女公爵走过去。她们也穿着晚礼服,灰白的头发高高地盘在头顶上,每人都佩戴了一枚钻石胸针。尽管如此,斯塔福德·奈伊爵士却觉得她们有点儿像监狱里的女看守。她们不太像保镖,他想,也许是负责夏洛特女公爵饮食起居的高级护工。她们朝女公爵恭敬地行了一个礼,然后各伸出一只手臂,插进女主人的肩肘下。两人明显使出了全力,熟练地将她从坐椅中搀扶起来,其过程丝毫无损她的尊严。

"我们去用餐。"夏洛特说。

在两位女护工的搀扶下,她带头走在前面。她走起来更像一大块颤颤巍巍的果冻,却又带着令人敬畏的威严。你不可能只把她当成一个体态臃肿的普通老女人,她是个了不起的人物,自视不凡,并刻意摆出一副高高在上的架势。斯塔福德和丽娜塔跟在这三个人后面。

通过廊柱进入餐厅后,他觉得这简直就是一间恢宏的宴会厅。入口处整齐地站着两排护卫。金色头发、身材高挑而英俊,穿着统一的制服。女公爵进来后,他们齐刷刷地拔出佩剑,斜指上空,同对面的人和剑形成一道拱门。夏洛特稳了稳脚步,然后脱离开两旁的护工,独自穿过那道拱门,朝长条形宴会桌一端的一张镶金织锦的宽大坐椅走去。整个过程颇像个结婚典礼,斯塔福德·奈伊心想,还是个海军或者陆军的结婚典礼。看这派头,肯定是陆军的,只是少了一位新郎。

这是一群有着健美体魄的年轻人。年龄都不超过三十岁,他想。相貌英俊,身体健康。他们一脸严肃,没有一丝笑容,一副——他想到一个词——是的，一副时刻准备着为国献身的模样。也许这更像是一个宗教仪式。一群仆人出现在宴会厅内，一群旧式仆人，大概是属于二战前修洛斯历史的仆人吧，他想。这就像一出宏伟的历史剧。而君临其上，高居在那把坐椅或者王座之上的并非一位女王或皇后，而是一个看上去又胖又丑的老女人。她到底是谁？她在这儿干什么？为什么？

如此这般华丽的装饰，这般兴师动众，还有这类似保镖的护卫，到底是为什么？其他宾客也都在餐桌旁找到自己的位置，向王座上的丑八怪行过礼后纷纷落座。他们穿着普通的晚礼服，没有人做任何介绍。

斯塔福德·奈伊以他多年来的阅人经验观察这群人。这些人来自不同的行业，而且是很多不同的行业。他确定其中有几个是律师，有几个可能是会计师或金融人士，一两个身着便服的军官。他们都是这个府邸雇用的高级职员，他想，但是他们仍有"下人"的封建思想。

食物端上来了。一只用调味酱腌制的巨大猪头，鹿肉，清爽的柠檬果冻，一大盘糕点——一大堆由各种糕点搭起来的千层糕，其数量和品种之多简直让人难以置信。

胖女人吃起来，贪婪地、狼吞虎咽地享用自己的食物。这时，外面突然响起一个声音，一种强有力的高级跑车的引擎声，它像一道白光倏地掠过窗口。室内的卫队齐声喊道："弗朗兹万岁！万岁！万岁！"

年轻的护卫像军事演习一样熟练地移动着。大家都站了起来，只有那个老女人高高地昂着头，一动不动地坐在她的宝座上。斯塔福德·奈伊发现房间里弥漫着一股新的兴奋。

其他宾客，或者说城堡里的其他成员，不管他们是谁吧，都一下子消失得无影无踪,这让斯塔福德想起那些转瞬间消失在墙壁裂缝中的蜥蜴。金发青年组成一个新的队形,拔出剑,向他们的女主人致敬。她会意地点点头。得到指令后,他们收剑入鞘,转过身,列队退出了房间。她看着他们的身影,然后看看丽娜塔,又看看斯塔福德。

"你觉得他们怎么样?"她说,"他们都是我的人,我年轻的勇士,我的孩子。是的,我的孩子。你会怎样形容他们?"

"我想是的,"斯塔福德·奈伊说,"十分壮观。"他像对皇室成员说话一样对她说:"非常壮观,夫人。"

"啊!"她点点头,然后笑起来,脸上堆起一层层的皱纹,这让她看上去就像一条大鳄鱼。

真是个恐怖的女人,他心想,太可怕了,简直让人难以想象。眼前的这一切都是真的吗?他几乎不敢相信自己的眼睛。这简直就是另一出精心制作的舞台剧。

门又开了,年轻的金发勇士们又迈着同样的步伐走进来。这一次,他们没有挥舞手中的剑,而是唱着歌。歌声异常美妙。

这些年听多了流行音乐的斯塔福德·奈伊感到一种不可言喻的舒畅。这些是经过训练的歌声,并非嘶哑的喊叫,而且是经过歌唱艺术大师指导,决不允许有半点儿走调。他们也许可以成为新世界的英雄,但是,他们所唱的歌曲并不新。这首歌他以前听过。这是瓦格纳的赞美诗。这房间顶层回廊的某个地方一定藏着一支交响乐队,他心想。这些都是瓦格纳的曲调,从赞美诗到源远绵长的莱茵音乐。

之后,这些年轻人又排成两列,等待某个人登场。显然这一次不是老皇后了。她端坐在高椅上,等待那个人出现。终于,"他"出现了。音乐也随之改变,换成斯塔福德·奈伊已经铭记在心的那支曲子——《年轻的齐格弗里德》。号角响起，年轻的齐格弗里德奋勇直前，去征服新的世界。

穿过门廊和其追随者的列队迎面而来的，是斯塔福德·奈伊一生中所见过的最俊美的男人。金黄色的头发，蔚蓝的眼睛，匀称得完美无缺的身材，就像魔法师变出来的一样，有如神话世界的来者，浑身写满了神话、英雄、复活与重生，以及他的美、力量和不凡的自信与骄傲。

他大步穿过护卫的列队，来到宝座上那小山似的令人厌恶的女人面前。他单膝着地，抬起女王的一只手，低头亲吻了一下。然后又站起来，挥动手臂，行了一个礼，喊出斯塔福德·奈伊刚刚听过的口号："万岁！"他的德语说得不是很清楚，但是斯塔福德·奈伊觉得自己听出来他说的是"伟大的母亲万岁！"

英俊的年轻英雄把目光转向在座的客人，他似乎认出了丽娜塔，但是并没有对她产生兴趣。当他的目光落到斯塔福德·奈伊身上时，他流露出明显的兴趣与赞赏。当心，斯塔福德·奈伊心想。当心！此时他要登场了。演好自己的角色。只是——他的角色到底是什么？他来这里做什么？他或者身边的这个姑娘到底来这里做什么？他们为什么而来？

英雄开口了。

"哦，"他说，"我们有客人！"然后，他带着一脸高人一等的傲慢，笑着说，"欢迎光临，欢迎二位。"

就在这时，从城堡深处的某个地方传来洪亮的钟声，听上去并非丧钟，却渗透出那股冷静与庄严，就像修道院中集合的呼唤。

"我们该睡觉了，"老夏洛特说，"睡觉去吧，明天早上十一点我们再见。"

她朝丽娜塔和斯塔福德·奈伊爵士看了一眼。

"有人会带你们回房间。愿你们一夜安眠。"

皇家的斥退令也不过如此。

斯塔福德·奈伊看见丽娜塔举起手臂,行了一个法西斯式的敬礼,但那并不是对夏洛特,而是对那位金发男孩。他听到她说:"弗朗兹·约瑟夫万岁!"他学着她的样子敬了一个礼,并且也说了"万岁!"

只听夏洛特向两位客人说道:

"明天上午我们去树林骑马吧,你们愿意吗?"

"十分乐意。"斯塔福德·奈伊说。

"你呢?孩子。"

"是的,我也乐意前往。"

"很好,我会叫人安排的,两位晚安。很高兴你们能光临此地。弗朗兹·约瑟夫,把手给我,我们去中式会客厅吧,我们还有很多事要谈,你明天早上得准时出发。"

男仆将二人送回各自的房间。奈伊在门口迟疑了一下。此时,他们有可能私下讲两句话吗?他很快否定了这个主意。只要在这个城堡里,就还是小心为好。你并不知道这里的每个房间是不是都安装了窃听器。

迟早,他会弄明白的。某些事情让他产生一种新奇而邪恶的感觉。他被人劝诱到某件事情中来。但到底是什么事呢?幕后又是谁在操控呢?

卧室装潢得很漂亮,却让人感到压抑。床榻周围悬挂着华丽的绸缎和天鹅绒,其中有些已经很古老了。它们散发出一种已经变味的调和着香料的微弱香水味。他很想知道丽娜塔以前来过几次。

第十一章　青年才俊

在楼下一间小早餐厅吃过早餐后,他发现丽娜塔已经在等他了。门口有两匹马。

两人都带了骑马的装束,几乎所有可能会用到的东西事先都明智地做好了准备。

两人翻身上马,沿着城堡的车道朝山下走去。路上,丽娜塔同马夫聊了一会儿。

"他问我们是否需要他陪,我说不用了,附近的路我熟得很。"

"哦,你以前来过?"

"最近几年不常来了。小时候我对这里很熟。"

斯塔福德吃惊地望了她一眼。对此她未做任何反应。她与他并肩而行,他观察着她的侧脸——尖尖的下巴,鹰钩鼻,纤瘦的脖颈上顶着一颗高傲的头颅。他看得出来,她的骑术很好。

但是,今天早上他感到一丝不安,但不知道是为什么……

他的思绪又回到机场候机室,站在他身旁的那个女人,桌上的啤酒……一切都是那么理所应当——无论是当时,还是后来发生的一切。他接受了那次冒险。可是为什么当这些事情过去了这么久之后,他又感到了某种不安呢?

穿过树林,他们策马慢跑了一会儿。这是一片美丽的庄园,周围有美丽的树林。有几次,他看到远处有几只带角的动物。这里真是一个运动爱好者的天堂，一个旧式生活的天堂，一个有着——什么呢？有着毒蛇的天堂？最早，毒蛇不就是在天堂里出现的吗？他拉紧缰绳，两匹马放慢脚步，走起来。现在这里只有他和丽娜塔两个人了——没有窃听器，没有隔墙之耳——他终于可以提问了。

"她是谁？"他迫不及待地问，"她到底是什么人？"

"答案很简单。简单到让人难以置信。"

"说来听听。"他说。

"她就是油矿，铜矿，南非的金矿，瑞典的兵工厂，北方的铀矿，核武器研发机构，钴元素新用途的赞助商。就是她。"

"可是，我从没听说过她，我不知道她叫什么，不知道——"

"她不想让别人知道。"

"她能保证别人不会知道吗？"

"很简单，只要你有足够的铜矿、石油、核基地、兵工厂和其他所有这一切，你就能办到。钱可以给你做广告，也可以为你保守秘密，封上别人的嘴巴。"

"但她到底是谁？"

"她祖父是一个美国人，我想主要经营的是铁路生意，可能是当时芝加哥的大佬。他的故事就是一部历史。他娶了一个德国女人。我想你应该听说过她。贝琳达夫人，人们曾经这么叫她。她拥有兵工厂和船运，几乎控制了整个欧洲的工业财富。她从父亲那里继承了所有财产。"

"这两个人走到一起，其家庭所拥有的财富真是难以想象！"斯塔福德·奈伊爵士说，"而且，还有权力。这就是你想告诉我的吧？"

"是的。她不只继承了财富，她自己也赚钱。她继承了祖先的头脑,她本人就是一个有名的金融家,具有点石成金的本事。赚到钱后,她又把钱拿去投资。她也听取别人的建议,考虑别人的观点,但是到最后基本上都是靠自己的脑子,而且几乎万无一失。就这样,她的财富越来越多,多到让人难以置信。钱生钱。"

"是的,这我明白。剩余财富必须创造更多的价值。但是,她想要什么?她得到了什么?"

"你刚刚不是说了吗?权力。"

"可她却住在这里?或者她——"

"她有时会去美国和瑞典。是的,她也出去,但不是很频繁。她更喜欢待在这里,就像一只大蜘蛛盘踞在蛛网中心,遥控着每一根蛛丝,每一根金融丝,以及其他的。"

"你说的其他的,指的是——"

"艺术——音乐、美术、文学。人——年轻人。"

"是的,看出来了。墙上那些画都是价值连城的作品。"

"城堡的楼上还有一屋子一屋子的画呢!其中有伦勃朗、乔托和拉斐尔的作品。还有成箱成箱的珠宝——其中有很多是这个世界上最珍贵的珠宝。"

"而这些都属于这个丑陋、肥胖的老女人,她满足了吗?"

"还没有,不过快了。"

"她的目标是什么?她想要什么?"

"她喜欢年轻人,操纵他们使她获得无上的快感。目前世界各地都有无数不满而暴乱的年轻人,他们都受到了资助。现代哲学、现代思潮、作家等等,她资助并控制着他们。"

"可是怎么能——"他说到一半就停了下来。

"我无法告诉你,因为我也不知道。这是一个巨大的衍生体。从某种意义上来说,她就是幕后主使。她支持一些奇怪的慈善机构、热心的慈善家和理想主义者，为学生、艺术家和作家提供数不清的资助。"

"刚才你说还没有——"

"是的，还没有完成。她所策划的是一次巨变。年轻人相信她，相信她能为他们创造新的天地。这就是几千年来的领袖们所承诺的。宗教领袖如此承诺过，那些弥赛亚的支持者们承诺过，阿赛辛的头目对他的追随者们承诺过，并且，在他们看来，他们实现了自己的承诺。"

"她也经营毒品吗？"

"是的，但是没有证据可以证明这一点。这只是让人们效忠于她的一种手段，也是毁灭他人的手段之一。那些弱者，那些她认为没用的人，尽管这些人曾经是有前途的。她自己从不服用任何药物——她是个意志坚强的人。但是要摧毁那些软弱的人，药物是最简单也最自然的方法。"

"武力呢？她也运用武力吗？总不可能只靠宣传吧？"

"不，当然不单靠宣传。宣传只是第一步，随之而来的就是成堆的武器。这些武器被运往贫穷的国家和其他地区。他们把坦克、机枪和核武器源源不断地输入非洲、南太平洋和南美洲。南美还成立了许多训练营，将年轻人训练成军人。她使大量武器以低廉的价格进入这些地区——化学战争的种种手段——"

"这真是一场噩梦！你是怎么知道这一切的，丽娜塔？"

"一部分是听来的，我能够得到一些消息；还有一部分原因是：我本人就是这个大机构的一颗棋子。"

"你？你和她？"

"每一件伟大的计划背后都会有一些愚蠢的行为，"她突然笑起来，"你知道吗？她曾经爱过我的祖父。这真是太可笑了。他生活在这里,他有个城堡,离这里也就一两英里。"

"一个天才?"

"根本不是。他只是一个运动健将而已。英俊、风流,很招女人喜欢。所以,因为这一层关系,在某种意义上,她就成了我的保护人,而我就是她的一名追随者,或者说奴隶!我为她工作,为她物色人员,为她到世界各地完成任务。"

"真的?"

"你这是什么意思?"

"我很好奇。"斯塔福德·奈伊爵士说。

他的确很好奇。他看着丽娜塔,又想了想机场那一幕。他正在为丽娜塔工作,正在和丽娜塔一起工作。她把他带到这个城堡。是谁叫她把他带到这里来的呢?是蹲踞在蛛网中心的老夏洛特吗?他的确小有名气,他的玩世不恭在外交界是出了名的。也许对这些人来说,他是有利用价值的,可是这个价值太小了,而且有损身份。突然,他的脑子里又冒出一大堆问号:丽娜塔?在法兰克福机场,我为她冒了一次风险。但是有惊无险,之后也没发生什么要紧事。可是,她是谁?她是做什么的?我看不透,也不能确定。现在这个世界上谁也无法确定什么事,或信任什么人。无一例外。也许她是有意冲我来的。有人让她将我控制在她的手掌心里。这样一来,法兰克福的那一幕就是有人精心策划好的。这很符合我喜欢冒险的性格,从而让我信任她。

"再跑一会儿吧,"她说,"马已经走得太久了。"

"我还没问你,你在这一切事情中是什么身份?"

"我接受命令。"

"接受谁的命令?"

"反对派。任何事情都有反对派。有些人怀疑现在发生的事情,怀疑这个世界将被改造成什么样子,怀疑金钱、财富、武器和理想可以得到至高无上的权力。他们认为这些不该发生。"

"你是站在这些人一边的?"

"我是这么说的。"

"你到底是什么意思,丽娜塔?"

她说:"我是这么说的。"

他说:"昨天晚上那个年轻人——"

"弗朗兹·约瑟夫?"

"那是他的名字?"

"大家都是这么叫他的。"

"但是,他还有别的名字,对吗?"

"你是这么认为的?"

"他就是年轻的齐格弗里德,对吗?"

"你觉得他像?你意识到那就是他,就是他所代表的形象?"

"是的,年轻人。英雄般的年轻人。雅利安青年,在这里一定是雅利安青年。人们仍然保留着这种观念。一个非凡的民族,一群非凡的人。他们一定是雅利安的后代。"

"是啊,从希特勒时期就是这样。但是这种想法并不为外人所道,在世界的其他地方并没有过多地强调。就像我之前说的,南美是其中的一个据点,还有秘鲁和南非。"

"这位年轻的齐格弗里德的任务是什么?除了相貌英俊和亲吻女主人的手以外,他还做了些什么?"

"哦,他是一位很杰出的演说家。只要他一开口,他的追随者就会为他赴汤蹈火。"

"真的吗?"

"他是这么认为的。"

"你呢？"

"也许吧。"她接着说，"要知道，演讲是可以摄人心魄的。那声调、言辞，更不用说那些诱导性的词汇，其威力是无穷的。还有他说话的方式，他的声音像铜铃一样美妙。女人们看到他向她们致意的时候会又哭又叫，甚至会昏过去——你会亲眼见识的。

"昨晚你看到夏洛特的那群护卫了吧，都盛装以待——现在大家都喜欢把自己打扮起来。世界各地都是如此，你会看到的。不同的地方装束不同，有些人留着长发、戴着珠链，女孩穿着白色的长裙。他们谈论着和平与美好，以及属于年轻人自己的美好世界。他们相信，只要摧毁旧的世界，他们就能迎来向往的新世界。最早的属于年轻人的国家在爱尔兰海西侧，对吗？一个单纯的地方，一个跟我们现在所设想的截然不同的年轻人的国度——那里到处是银色的沙滩、阳光和歌唱的海浪……

"可现在，我们要的是混乱、瓦解和毁灭。这很可怕，但又如此奇妙——因为它的暴力，因为它所带来的痛苦和磨难——"

"这就是你眼中的世界？"

"有时候。"

"那我下一步该做什么？"

"跟着你的向导，跟着我，就像维吉尔跟随着但丁，我会带你深入地狱，让你看看他们从纳粹党卫军那里学来的残酷镜头，让你看看他们所顶礼膜拜的残酷、痛苦和暴力。而且，我还会带你看看和平与美好天堂的伟大梦想。你将分不清地狱与天堂的界限。不过，你得自己作出决定。"

"我能信任你吗，丽娜塔？"

"你得自己作出选择。你可以离开，也可以留下来，跟着我去看看新世界，一个正在建设的新世界。"

"纸牌。"斯塔福德·奈伊爵士突然高声说道。

她不解地看着他。

"就像爱丽丝漫游仙境。那些卡片,那些用硬纸板做的卡片在空中升起来,回旋着。有国王、王后和武士。所有的一切。"

"你的意思是——你到底是什么意思?"

"我是说,他们都是假的,是一种障眼法。整个事情都是该死的装出来的。"

"从某种角度来说,是的。"

"人们打扮起来,扮演着各自的角色,这不过是一出戏罢了。我快发现事情的本质了,对吗?"

"从某个角度来说对,但从另一个角度来说也不对——"

"我想问一件事,我一直没弄明白。老夏洛特要你带我来见她——为什么?她对我知道多少?她觉得我能派上什么用场?"

"我也不完全清楚——可能是一种内线吧——幕后工作者。这很适合你。"

"可是她一点儿都不了解我啊!"

"哦,是吗?"丽娜塔突然笑起来,"这太荒谬了,真的——又应了那句老话。"

"我不懂你的意思,丽娜塔。"

"不懂——因为这太简单了。鲁滨孙先生就会明白。"

"请解释一下好吗?"

"老话说得好——'关键不是你是谁,而是你认识谁。'你的姑婆玛蒂尔达和老夏洛特曾经在同一所学校上学——"

"你的意思是——"

"她们曾经是一起长大的女孩。"

他盯着她,然后仰头大笑起来。

第十二章　弄臣

那天中午,他们告别女主人,离开修洛斯,然后驱车沿着蜿蜒的山道一路向下,几个小时后来到多洛米提斯的一处聚点。这是一座依山而建的圆形剧场,是各种青年团体举办会议和音乐会的地方。

他的向导丽娜塔把他带到这里。他坐在石头座位上,看着眼前的这一幕,聆听着。他对她早上的话有了更多的理解。这场声势浩大的聚会就像一切大规模集会一样,不管是在纽约麦迪逊广场上由宗教领袖召集的布道大会,还是在威尔士教堂里举行的礼拜,足球场上疯狂的球迷,抑或是袭击大使馆、警察和大学的大规模示威游行。

她带他来这里,是要他明白"年轻的齐格弗里德"这个词的真正含义。

弗朗兹·约瑟夫,如果他真叫这个名字的话,正对着群众发表演说。他的声音抑扬顿挫,带着一种奇异的煽动性,再加上他那富有激情的表演,牵动着下面不断发出呻吟甚至哽咽的青年男女。他说出的每一个字似乎都蕴涵着意义,都有着惊人的感染力。下面的听众就像一支交响乐队,而他的声音就是乐队指挥手中的指挥棒。可是,他到底都说了些什么?这位年轻的齐格弗里德告诉了我们什么?到最后,他什么词都想不起来了,但是,他知道自己的确被感动了，他看到了希望，受到了鼓舞。现在演说结束了。人潮在讲台周围涌动，呼喊，尖叫。有些女孩一直不停地激动叫喊，有几个人昏过去了。这个世界到底是怎么了？他问自己。人们总是想方设法去调动大众的情绪。什么规矩、克制，都不顾了，除了"感觉"什么都不重要了。

这会创造出一个什么样的世界呢？斯塔福德·奈伊心想。

他的向导轻轻碰了碰他的手臂，两个人从人潮中挤出来。他们找到汽车，司机沿着熟悉的山路将他们带到一个小镇，并将他们送进半山腰上的一家小旅馆，已经有人为他们订好了房间。

不久后，他们走出旅店，沿着山坡上一条被人踩出来的小路，走到一处可以坐下来休息的地方。两个人默默地坐了几分钟，之后斯塔福德·奈伊再一次说到"纸牌"。

那之后，两个人便又陷入沉默，各自静静地望着脚下的山谷。大概过了五分钟，丽娜塔才开口："怎么样？"

"你指什么？"

"到目前为止，你对所见到的一切有何感想？"

"我没有被说服。"斯塔福德·奈伊说。

她叹了一口气，深深的一口气，这让斯塔福德有点儿惊讶。

"这就是我想听你说的。"

"那都不是真的，对吗？只是一场规模庞大的表演罢了，一场由人策划的表演——也许是一整套人马的杰作。

"而那个丑女人出钱，雇来制作人。我们还没见到这位制作人。我们今天看到的只是一个优秀的表演者。"

"你觉得他怎么样？"

"他也不是真实的，"斯塔福德·奈伊说，"他只是一个演员。一个精心培训出来的一流演员。"

丽娜塔突然爆发的笑声让他吃了一惊。她站起身，突然显得兴奋而开心，同时又带着几分嘲讽。

"我就知道，"她说，"我就知道你知道。我就知道你会脚踏实地。你对身边所发生的一切一直都心照不宣，对吗？你知道那些骗人的把戏，知道每一件事、每一个人的真实面目。

"根本不用去斯特拉特福德去看莎士比亚的话剧，也能知道自己扮演的是什么样的角色——每个国王或大人物都必须有一名弄臣——他会告诉国王真相，跟他讲常理，取笑其他的一切人和事。"

"这就是我吗？一名弄臣？"

"你不这么觉得吗？这就是我们想要的——这就是我们所需要的。你说'纸牌'。没错，这就是一出精心策划的绝妙演出！你说得太对了。但人们是被蒙蔽的，他们觉得有些事情很伟大，或者他们认为有些事很邪恶，或者他们认为有些事很重要。可实际上并非如此——只不过——只不过你得知道怎么去告诉人们，这一切都那么愚蠢，愚蠢至极。这就是你和我要去做的事。"

"你的意思是，到最后，我们要拆穿这些把戏？"

"没错，这似乎是一件不可能完成的任务。但你要知道，一旦人们知道某些事是假的，那就是我们向成功迈出的一大步，就是这样——"

"你是说去说服人们，让他们明白这其中的道理？"

"当然不是，"丽娜塔说，"没人会听你说，不是吗？"

"目前还不会。"

"肯定不会。我们得给他们拿出证据——事实——真相——"

"我们有吗？"

"有。就是我经过法兰克福带回来的东西——就是在你的帮助下，我安全送达英国的东西——"

"我不明白——"

"现在还不是时候——将来你会明白的。现在我们还有戏要演。我们已经准备好，而且心甘情愿，甚至有些迫不及待地接受他的教导。我们崇拜青春。我们是年轻的齐格弗里德的追随者和信徒。"

"你能骗过这些人的眼睛，这毫无疑问。但我对自己没多大把握。我从来不曾对任何事物顶礼膜拜。国王的弄臣我做不到，他是揭露真相的人，只可惜现在已经没有人欣赏这一点了，不是吗？"

"当然，你说得没错，但不要把自己的这个特点表现出来。当然，如果谈到大师和长辈、政客、外交官、外交部、政府这些事的时候，你可以表现得愤世嫉俗一些，哪怕是有点儿粗鲁。"

"我还是不太清楚自己在这支世界十字军中扮演的角色。"

"这是个历史悠久的角色，大家都能明白和理解。过去你并不得志，而年轻的齐格弗里德和他所代表的一切给了你希望和承诺。因为你为他提供了你们国家的内幕消息，于是他答应让你得到未来新政府中手握大权的重要职位。"

"你的意思是这是一个世界范围的大运动，这是真的吗？"

"当然。就像那些有名字的飓风，弗洛拉或者小安妮，它们来无影去无踪，但是所到之处一切尽毁。那就是人们想要的。欧洲、亚洲和美洲，也许还有非洲，尽管那里不会掀起那么多热情。非洲人对权力和贪污受贿这些事情还不太熟悉。嗯，是的，这是一场世界性的运动，没错。而这场运动的推动者就是年轻人以及他们强大的活力。他们缺少知识和经验，但是他们有幻想和活力，而且有人给他们出钱。金钱如流水一样源源不断地送到他们手上。这个世界太物质了,所以我们需要一些其他的寄托,而且我们得到了。但是因为这种寄托源于仇恨,所以很难长久,无法成功。你还记得吗?一九一九年,当时流传着那么多崇高的思想。但是后来呢,你也看到了,和你一起实现这些理想的都是什么人?最后你会发现这都是同一个人类。你可以创造一个第三世界,或者每个人都是这么想的,但是这个第三世界里的人跟第一世界和第二世界里的没什么不同。而同样的人会用同样的办法行事。看看历史你就明白了。"

"现在还有人会去读历史吗?"

"不会。人们更愿意期盼一个不可预知的未来。过去,科学曾一度要成为一切问题的答案。弗洛伊德的学说和性解放将成为人类悲剧的下一个答案。人类将不再有精神上的问题。如果有人说,不镇压,精神病院里就会挤满更多的病人,没有人会相信他的话。"

斯塔福德·奈伊打断她的话:

"我想知道一件事。"斯塔福德·奈伊爵士说。

"什么事?"

"我们下一步去哪里?"

"南美。途中可能会经过巴基斯坦或者印度。而且,我们肯定要去美国,那里正发生一些很特别的事情,尤其是加利福尼亚——"

"大学?"斯塔福德爵士叹了口气,"人们已经厌恶了大学。讲来讲去都是那些东西。"

他们静静地坐了几分钟。天色渐渐暗下来,只有远处的山峰染上了温暖的红光。

"如果现在,此时此刻,能来点儿音乐,你猜我会点什么?"

斯塔福德·奈伊说,语调中流露出一种思乡之情。

"瓦格纳?还是说你已经挣脱了瓦格纳的束缚?"

"还没有——你说得没错——还是瓦格纳。我会让汉斯·塞克斯^①坐在他的古树下,念叨着这个世界:'疯了,疯了,全都疯了'——"

"是啊——用来形容这个世界正合适。音乐也很美。但是我们不疯,我们是清醒的。"

"非常清醒,"斯塔福德·奈伊说,"这将是一件难事。还有一件事我想知道。"

"嗯?"

"你也许不会告诉我。但我一定要知道。我们费了百般周折所进行的这项疯狂行动,会给我们带来一些乐趣吧?"

"当然会!怎么可能没有呢?"

"疯了,疯了,全都疯了——但是我们很享受这个过程。玛丽·安,你说我们能长命百岁吗?"

"可能不会。"丽娜塔说。

"就是这种精神。我会陪着你,我的同志,我的向导。我们的努力能让这个世界变得更好吗?"

"我不敢这么说。但是,可能会更加友善。现在,这个世界充满了邪恶的信仰。"

"这就足够了,"斯塔福德·奈伊说,"前进!"

---

①汉斯·塞克斯(Hans Sachs, 1494—1576),德国名歌手、诗人、剧作家、鞋匠。

第三部　国内国外

第十三章　巴黎会议

巴黎的一个房间里坐着五个人。这里曾经见证了许多历史性事件，很多。这次会议从很多方面来说都与之前的会议有所不同，但是，其历史意义也不可小觑。

哥豪斯让先生是会议的主持人，忧心忡忡的他正尽其所能，希望会议可以在他的主持下顺利进行下去，其天赋和个人魅力曾经帮助他渡过很多难关。但是今天，这些似乎都无济于事。威戴利先生一小时前才从意大利飞过来，他手势夸张，心情尚未平复。

"真是难以想象，"他不停地说着，"真是太难以想象了。"

"这些学生，"哥豪斯让先生说，"我们谁没有身受其害？"

"这不仅仅是学生的问题。它超出了学生的范围。我们该怎么来形容呢？他们简直就是一群蝗虫，一次严重的自然灾害，其严重程度已经超出了所有人的想象。他们是一支有组织的军队，有机关枪，还有不知从哪里弄来的飞机。他们想占领整个意大利北部。这不是疯了吗？他们还是一群孩子，却拥有大量炸弹。光是在米兰一个城市，他们的数目就已经超过了警察。我问你，我们能怎么办？陆军，还有整个军队——都反了。他们说他们站在年轻人一边，他们说只有无政府主义才能拯救世界，他们高喊着第三世界。这种事情怎么可能发生呢？"

哥豪斯让先生叹了口气。"现在这种思想在年轻人当中很流行，"他说，"对无政府主义的信仰。我们对此并不陌生，阿尔及利亚的那些日子，我们国家和殖民地都曾遇到这种情况。我们能做什么？动用军队？最后他们都站到了学生那边。"

"学生，哦，学生。"布瓦松涅先生说道。

他来自法国政府，对于他们而言，"学生"这个词就像一种诅咒。如果可以选择，他宁愿要亚洲流感，甚至是爆发一场黑死病，也不想惹上这些学生运动。一个没有学生的世界！布瓦松涅先生常常会有这样的梦想。只可惜美梦终究只是美梦。

"至于地方法官们，"哥豪斯让先生说，"我们的司法机关怎么样了？警察——是的，到目前为止他们还是忠于职守的。但是那些法官，他们不会对那些年轻人判处任何刑罚，对那些被送到他们面前的年轻人，他们破坏了财产，政府财产和私人财产——各种财产。为什么不给他们判刑？我实在想知道为什么，所以就在最近做了一些调查。地方官们给了我几点提示。他们需要提高司法机关工作人员的生活水平，特别是在巴黎以外的省区。"

"好了，好了，"布瓦松涅先生说，"说话可得当心。"

"什么！有什么好当心的？这些事早就该公开了。我们是被蒙在鼓里，而且被蒙得严严实实。现在我们眼前到处是钱，可我们却不知道这些钱是从哪里来的。那个地方官跟我说——我相信他说的是真的——他们已经开始弄明白这些钱的去向了。一个由国外势力资助的腐败政府，我们会想得到吗？我们能想得到吗？"

"意大利也是一样，"威戴利先生说，"是啊，意大利，也有很多不可思议的事情。不错，我可以告诉你们我们的情况。可是，谁？到底是谁在颠覆这个世界？是一群企业家吗？一群大亨？这怎么可能呢！"

"这种事情必须停止，"哥豪斯让先生说，"我们必须采取行动。军事行动，调动空军。这些无政府主义者，这些掠夺者，他们来自各个阶层。一定要把这股势力压下去。"

"催泪弹还管点儿用。"布瓦松涅先生的语气中透出几分迟疑。

"催泪弹还不够，"戈豪斯让先生说，"这跟让学生去剥洋葱没什么区别，那照样可以让他们流眼泪。我们需要点儿更猛烈的。"

布瓦松涅先生一脸惊愕：

"你不是想使用核武器吧？"

"核武器？开什么玩笑！如果使用核武器，法国的土地怎么办？法国的空气怎么办？我们可以用核武器摧毁俄国，可俄国也可以用核武器毁了我们。"

"你难道不觉得那些示威游行的学生能毁了我们的政府？"

"我就是这么想的。我已经得到线报，他们有大量武器，各种化学武器以及其他物资。我已经从几位知名专家那里得到消息，国家机密被泄露，大批专为作战设计的秘密武器失窃。接下来会发生什么？我问你们，接下来还会发生什么？"

这个问题出乎意料的得到了解答，其速度之快几乎超过了哥豪斯让先生的想象。门开了，他的第一秘书神情紧张地朝他走来。

"我不是说了，不许任何人打扰吗？"

"是的，总统先生，但这件事有点儿不同寻常——"他弯下腰，凑到上司耳旁，"元帅来了，他要进来。"

"元帅，你是说——"

秘书十分确定地点点头，表示他指的正是此人。布瓦松涅先生不解地看着这位同僚。

"他坚持要进来,怎么说都没用。"

房间里的另外两个人先看了看哥豪斯让,又看了看这位焦虑不安的意大利人。

"这不太好吧,"内政部长柯因先生说道,"如果——"

话刚说到这里,会议室的门再一次被推开,一个人大步流星地走了进来。这是一位十分知名的人物。过去的很多年中,他的话在法国不仅是法律,甚至凌驾于法律之上。此时此刻,他的出现让在座的几个人既吃惊又头痛。

"啊,欢迎,亲爱的同志们,"元帅开口说道,"我是来帮助你们的,我们的国家处在一个危险的时刻。我们必须采取行动,马上行动起来!我来为你们工作,并对这次行动负全部责任。我们可能会遇到危险,这我知道,但是荣誉高于我自身的安危,法国的安危高于鄙人的安危。他们已经行动起来了,成群结队的学生,还有刚释放出狱的犯人,他们当中有曾经的杀人犯、纵火犯。他们喊着口号,唱着歌,高呼着他们的老师、哲学家和那些带领他们起义的领袖的名字。如果我们不采取行动,法国的末日就要来临了。可你们还坐在这里纸上谈兵,这是不够的。我已经叫人派来两个军团,并让空军保持戒备,而且向我们的盟友德国发出了密码电报。在这场危机中,我们就是盟友!

"暴乱一定要镇压下去。叛乱!起义!这威胁到男女老少和我们的财产。我现在就去平息这场起义,去以他们父亲和领袖的身份对他们说话。这些学生,甚至罪犯,都是我的孩子。他们是法国的青年一代。我这就去把这些话告诉他们。他们会听我的,政府将会重组,学生将重新回到课桌旁。之前政府对学生的支持太少了,他们的生命被剥夺了美和领导力。我将给予他们承诺，我以自己的名字起誓。同时我也会以你们的名义、以政府的名义，你们都已经尽力了，已经在你们能力范围内做到最好了。可是现在我们需要一位更杰出的领袖，需要我的领导。我现在就去。我还有几封密电要发。我们可以采取一种不同的核威慑方式，它会起到威慑暴民的作用，但是我们知道这其实没什么危险。我的计划一定能行。来吧！我忠诚的朋友们，跟我来。"

"元帅，我们不能——我们不能让你冒生命危险。我们必须——"

"你们说什么都没用，就算有危险，我也会坦然面对，这是命运的安排。"

元帅朝门口大步走去。

"我的手下在外面等着，是我挑出来的保镖。我现在就去跟这些造反的年轻人谈谈，这些既美丽又恐怖的花朵，我要告诉他们其职责所在。"

他穿门而出，那气势就像一位男主角在出演他最得意的一场戏。

"我的老天，他是说真的！"布瓦松涅先生说。

"他会有生命危险的，"威戴利先生说，"谁知道呢？他太勇敢了，真是一个勇士，太英勇了，可是会发生什么呢？从现在这群年轻人的情绪来看，他们可能会杀了他。"

布瓦松涅先生不禁发出一声愉快的叹息，这真有可能，他想。是的，这很有可能。

"有这个可能，"他说，"他们可能会杀了他。"

"这当然不是我们想看到的结果。"哥豪斯让先生谨慎地说。

然而，哥豪斯让先生心里却是这么希望的。他盼望这一天的到来，尽管一种天生的悲观心理让他觉得事情很少能随人所愿。

是的，他可能会面对一种更不愿看到的情景。那很有可能。那符合元帅过去做到的。没准儿他就能让那些血气方刚的学生听他说话，买他的账，并且要求他重新登上权力的宝座。这种事情在他的职业生涯当中发生过一两次。他的个人凝聚力曾经让政客们始料不及。

"我们必须制止他。"哥豪斯让先生喊道。

"对，对，"威戴利先生说，"我们不能失去他。"

"我们担心，"布瓦松涅先生说，"他在德国有太多朋友，太多联系，而你们知道德国在军事行动方面的反应是极其迅速的。他们可能会趁机干涉我们的内政。"

"天哪，天哪，"哥豪斯让先生不停地摩擦眉头，"我们该怎么办？我们还能做什么？那是什么声音？是枪声吗？"

"不是，不是，"布瓦松涅安慰他，"你听到的是餐厅里餐盘的声音。"

"有人曾经说过这么一句话，"哥豪斯让先生说道，他可是一名忠实的戏剧爱好者，"如果我没记错的话。这是莎士比亚作品中的一句话。'怎么没人替我把这个——'"

"'惹是生非的教士干掉？'"布瓦松涅说，"出自《贝克特》一剧。"

"像元帅这样一个疯子比教士还麻烦，教士至少是无害的，尽管罗马教皇昨天还接见了一支学生代表团。他祝福他们，把他们称为他的孩子。"

"这只是天主教的一种行为吧。"柯因先生的口气中流露出几许迟疑。

"就算是天主教的行为也会产生让人意想不到的结果。"哥豪斯让先生说。

第十四章　伦敦会议

唐宁街十号的内阁会议室内，英国首相塞德里克·拉曾比先生正坐在会议桌的一头，面无表情地看着他的内阁成员。他真的是面无表情，而这在某种程度上反而让他感到一阵轻松。他开始觉得，只有在他个人的内阁会议上，才能让自己的脸自然地呈现一副不开心的表情，从而放下他常常要呈现给世人的那副睿智而乐观的表情，那副表情使他顺利度过了政治生涯中的种种危机。

他看了看眉头紧蹙的戈登·切特温德，面露疑惑、像平时那样若有所思的乔治·帕卡姆爵士，冷静沉着的门罗上校，空军中将坎伍德——他双唇紧闭，毫不掩饰对政客们的不信赖。在座的还有海军上将布伦特，这是一个身材魁梧、让人敬畏的人物。他用手指敲着桌子，等待自己发言时刻的到来。

"情况不太妙，"空军中将说，"我们不得不承认这一点。上个星期我们就有四架飞机被劫持，他们在米兰放下乘客后去了其他地方。实际上他们去了非洲。那里早就有飞行员等着了，都是黑人。"

"黑色政权。"门罗上校若有所思地念道。

"或者是红色政权？"拉曾比猜测，"我觉得，所有麻烦都源自俄国的教化，也许我们应该跟俄国取得联系——我真的觉得应该去跟他们的最高当局进行一次私人会晤——"

"你就留在这里，首相先生，"布伦特海军上将说，"就别再跟俄国佬掺和了。他们现在是避之唯恐不及哪！他们国内的学生运动可没这里的厉害。他们现在正一门心思盯着中国人呢，看看他们接下来会干些什么。"

"我还是觉得从私人层面施加一些影响——"

"你哪儿也不能去，就看好你自己的国家。"海军上将布伦特说。就像他的名字[①]一样，他说话总是直来直去。

"我们是不是应该听听——做一次目前局势的报告？"戈登·切特温德望着门罗上校说道。

"想听实话吗？没错。各地的情况都不太乐观。我想，你们想知道的不仅是这里的局势，而且更想知道整个世界的情况吧？"

"的确如你所言。"

"好吧，在法国，元帅还躺在医院里，手臂中了两弹，政界已经乱作一团。法国很多地方已经被一支叫做'青年威力军'的年轻人占领了。"

"你说他们有武器？"戈登·切特温德的声音中带着惊恐。

"真是多了去了，"上校说，"真不知道他们是从哪儿搞来的。有人说瑞典往西非运了很多武器。"

"那跟我们有什么关系？"拉曾比先生说，"我们才不管呢！就让西非得到他们想要的所有武器好了，这样他们就能自相残杀了。"

"可是，根据我们得到的情报，这里有点儿奇怪。我这里有一份运到西非的武器清单，奇怪的是，这些武器送到非洲后又被

[①] 英文为Blunt，有直率之意。

运了出去。有人接收了这些武器,不知道有没有给钱,但是五天前它们又被运出去了,转道去了别的地方。"

"你这是什么意思?"

"我的意思是,"门罗说,"这些武器真正的目的地并不是西非,有人付了钱,然后又把这些武器转运到了其他地方。可能是从非洲运到了近东地区,波斯湾、希腊和土耳其。还有一批飞机被运到埃及,然后又从埃及转运到印度,从印度转运到俄国。"

"我还以为这些都是从俄国运来的呢。"

"——然后又从俄国转运到布拉格。太疯狂了。"

"我不明白,"乔治爵士说,"这怎么会——"

"似乎有一个控制中心在某个地方主导各种供给。飞机、枪支、弹药,还有细菌战中使用的各种武器。所有这些物资都在经历一种不同寻常的运输路线。它们经由各种跨国路线抵达出事地点,供那些所谓的'青年威力军'的头目和兵团使用。大部分武器都到了青年游击队头目和鼓吹无政府主义的人手中,他们得到的还都是一些最新式的武器。我们怀疑他们到底有没有为此掏一分钱。"

"你是说我们面临的是一场世界范围的战争?"塞德里克·拉曾比对他说的话感到十分震惊。

在桌子另一边,一直沉默的那个亚洲面孔的温和男人露出一副蒙古人的笑脸,说道:

"现在我们不得不承认这一点。我们的观察家们告诉我们——"

拉曾比打断了他的话。

"别观察了,到时候,联合国也得拿起武器来跟我们一起把这股势力镇压下去。"

那张平静的面孔仍然不为所动。

"那是违背联合国宪章的。"他说。

门罗上校提高声音,继续总结下去。

"现在每个国家都有一些地方出现了叛乱。东南亚很久以前就宣布独立了,而南美、古巴、秘鲁、危地马拉等等,则出现了四五种不同的势力。美国呢,你们都知道,华盛顿都闹翻天了——西部几乎已是青年威力军的天下——芝加哥也全城戒严了。你们听说山姆·柯曼的事了吧?昨天晚上他在美国使馆大门口遭到了枪击。"

"他本来是要参加今天的会议的,"拉曾比说,"要跟我们说说他对局势的一些看法。"

"我倒不觉得那能有什么帮助,"门罗上校说,"人是不错,但消息可不算灵通。"

"可是,到底是谁在幕后操纵这一切呢?"拉曾比焦急地提高了声调。

"当然,有可能是俄国——"他看上去充满了希望,一直幻想着自己飞去莫斯科的情景。

门罗上校摇摇头。"不太可能。"他说。

"个人崇拜,"拉曾比说,他脸上绽放出希望的光芒,"一种全新的影响力。中国人……"

"也不是中国人,"门罗上校说,"你们知道,德国曾经出现过一次新法西斯。"

"你不会是真的觉得德国人有可能……"

"我并不是说一定是他们在幕后操纵这一切,但是如果可能的话——是的,我想他们可能很容易做到这一点。他们以前就这么做过,不是吗?几年前就开始准备,计划,一切准备就绪,就等着这个世界行动起来。他们是很精明的策划者,非常精明。部下的工作也干得十分出色。我真是不得不佩服。"

"可是德国现在看起来很平静,很有秩序!"

"是的,在某种程度上的确如此。但是,你们有没有注意到,南美现在有很多活跃的德国人,很多年轻的新法西斯,他们还成立了一个庞大的青年联合会。他们自称是什么超级雅利安人,就像过去那样,使用纳粹的十字标志和敬礼,而他们的领袖叫什么年轻的沃坦①或者年轻的齐格弗里德。简直是胡闹!"

这时有人敲门,秘书走进来。

"首相先生,艾克斯坦来了。"

"请他进来吧,"塞德里克·拉曾比说,"毕竟他是唯一能告诉我们最新武器研究进展的人。也许我们手上就有能马上结束这出闹剧的方法。"拉曾比先生不仅是一个周游世界倡导和平的职业飞人,还是一个无可救药的乐观主义者,只可惜他的乐观很少被证明是对的。

"如果能研究出一种好用的秘密武器也行。"空军中将满怀希望地说。

艾克斯坦教授是举世公认的英国最杰出的科学家,外表看起来却像个再普通不过的小人物。他身材矮小,留着老式的山羊胡子,不时猛烈地咳上一阵。他看上去似乎总是为自己的存在感到焦虑不安。当首相把他介绍给在座的几位官员时,他不断地发出嗯嗯啊啊的声音,擤鼻子,连续猛烈地咳嗽,握手时也是一副害羞的表情。在座有很多人他都认识,对于这些人,他只是紧张地点点头。他在给他安排好的座位上坐下来,茫然地看了看周围

---

① 日耳曼神话中的最高神。

的人,然后抬起一只手,啃起了指甲。

"各部门的领导都来了,"乔治·帕卡姆说,"我们很想听听你的高见,我们现在能做什么?"

"哦,"艾克斯坦教授应道,"能做什么?是,是,能做什么?"

一阵沉默。

"整个世界正在迅速地进入一种无政府状态。"乔治爵士说。

"看上去的确如此,不是吗?至少,报纸上是这么说的。可我并不相信这些话。真的,那些记者就会胡编乱造,他们说的话没有一句可靠。"

"教授,听说你们最近有了一些重要发现。"塞德里克·拉曾比提醒他。

"哦,是的,是有一些发现,的确有一些发现。"艾克斯坦教授露出一点儿笑容,"改进了很多十分厉害的化学武器,但愿能派上用场。有细菌武器,就是生物武器,可混入煤气系统的毒气,污染空气,或者在自来水里下毒……是的,如果你们需要,我可以在三天内使英国的人口减少一半。"他搓搓手,"这就是你们想问的?"

"不,当然不是。天哪,当然不是这些。"拉曾比先生面露惊恐。

"对,我就是这个意思。问题不是我们是否有足够多的致命武器。我们已经有很多了。我们手里的每一样武器都太具杀伤力了。难点在于如何让人活下去,哪怕是我们自己。对吧?所有上面的人。呃——比如说,我们。"他发出一阵沙哑而愉快的笑声。

"可那并不是我们想要的。"拉曾比先生强调道。

"问题不是你想要什么,而是我们有什么。我们手上所有武器的杀伤力都太强了。如果你想除掉地球上所有三十岁以下的人,我想你能办到。但是,这会让很多更老的人陪葬。我们很难把某一种人同另一种人区别对待。我个人反对这么做。我们有很多非常优秀的年轻研究员,很残忍,但是很聪明。"

"这个世界到底是怎么了?"坎伍德突然问道。

"问题就在这儿,"艾克斯坦教授说,"我们不知道。虽然作为顶尖科学家,我们可以说是无所不知,但就是搞不明白。现在,我们对月球的了解多了一些,并且通晓生物学,还可以移植心脏和肝脏,还有大脑,我想这很快就能实现了,尽管我不知道怎么做到这一点。我们不知道是谁在背后操纵这股势力。肯定有个人,对吧!这个人肯定有着强大的背景。哦,是的,他们突然就从各个地方冒出来了。犯罪、毒品。这是一支装备精良的部队,而领导这支部队的是几个头脑精明的幕后操纵者。一开始,他们只是在几个欧洲国家,但是现在这股势力已经蔓延到地球的另一端——南半球。我想会一直蔓延到南极圈。"他似乎对自己这番论述十分满意。

"一群不怀好意的人——"

"嗯,也可以这么说。为了使坏而使坏,或者是为了金钱或权力。这很难说清楚。就连那些可怜的走狗都搞不清楚。他们想要暴力,喜欢暴力。他们不喜欢这个世界,也不喜欢我们的唯物主义观。他们不喜欢我们赚钱的下流手段,不喜欢我们的尔虞我诈。他们不喜欢看到贫穷,而是想要一个更好的世界。其实,你们也许可以让这个世界变得更好,如果给你们足够长的时间去思考的话。但问题是,如果要去掉某些东西,就一定要有别的来替代它。自然界不存在真空——就像老话说得那样,一点儿不假。该死的,这就像换心脏一样,去掉旧的,就得找个新的补上,而且还得是一颗匹配的心脏。而且,在你拿掉坏心脏之前,你就得把这个能用的新的准备好。实际上，我觉得很多时候都不需要做心脏移植，不过我想没人会听我的。而且，不管怎么说，这也不是我的研究领域。"

"你刚才说有一种气体？"门罗上校问道。

艾克斯坦教授的脸为之一亮。

"哦，我们有各种气体。实际上，其中有一些对人类并没有什么害处，应该说是一种温和的抑制性物质。我们有各式各样的。"教授那容光焕发的样子俨然是一个得意扬扬的五金推销员。

"核武器呢？"拉曾比先生问。

"这可不能乱来！你不想因此让整个英国或整个欧洲大陆都充满放射性物质吧？"

"这么说你帮不上什么忙喽？"门罗上校说道。

"除非你们能多给我一点儿信息，"艾克斯坦教授说，"抱歉。不过我必须提醒诸位，我们现在研究的大部分物质都很危险。"他特意强调道："真的非常危险。"

他焦虑地望着他们，就像一个叔叔紧张地看着一群拿着一盒火柴的孩子，深恐他们把房子点着了。

"好吧，谢谢你，艾克斯坦教授。"拉曾比先生说，但他的话说得没有多少诚意。

教授确定自己可以走了之后，对众人笑笑，就急匆匆地离开了会议室。

不等房间关上，拉曾比先生就迫不及待地议论起来。

"这些科学家都一样，"他满口怨言，"一遇到实际问题就没用了。从来都想不出什么有用的法子。他们只会把原子分开——却告诉我们不要胡来！"

"还不如没有呢，"海军上将布伦特再次直率地表达了自己的看法,"我们需要的是一种有选择性灭杀的家用杀虫剂,它能够——"他突然停了下来,"现在,我们到底——"

"上将,请说。"首相毕恭毕敬地说道。

"没什么,只是突然想到什么,但又想不起来具体是什么了——"

首相叹了口气。

"还有科学家吗?"戈登·切特温德问道,满怀希望地看了看手表。

"我想老派克威大概来了,"拉曾比说,"他好像有一幅图画或者地图什么的要给大家看看——"

"是关于什么的?"

"我也不知道,好像就是一些圆圈。"拉曾比先生一脸的茫然。

"圆圈?什么圆圈?"

"我也不知道,"他叹息道,"让他拿进来给我们看看吧!"

"霍舍姆也来了——"

"他也许给我们带来了新的消息。"切特温德说。

派克威上校拖着沉重的身躯走进来。他手中托着一卷东西,在霍舍姆的协助下,他将画卷打开并费力地挂起来,以便在座各位都能看到上面的内容。

"画得并不精确,只是给各位一点儿粗略的概念。"派克威上校说。

"这是什么意思?"

"圆圈?"乔治爵士喃喃念道,他想到一个主意,"是一种气体吗?一种新型气体?"

"你来讲吧,霍舍姆,"派克威上校说道,"你知道大概的情况。"

"我所知道的也只限于大家告诉我的。这是一张粗略的世界局势控制图。"

"由谁控制？"

"由一群拥有或者控制能源的人。"

"那些字母呢？"

"那是代表一个人或某个特殊团体的代码。他们相互交织，覆盖了整个地球。

"那个标有'A'的圆圈代表武器，某个人或某个团体控制着武器，各种武器、弹药、炸弹、枪支等等。世界各地都处于按计划生产武器，这些武器表面上被运往不发达国家、落后国家和正处于战争的国家。然而它们并没有留在那里，而是马上就被转运到其他地方，之后出现在南美洲的游击战场——出现在美国的暴动事件中——出现在黑色政权的仓库里——出现在欧洲各地。

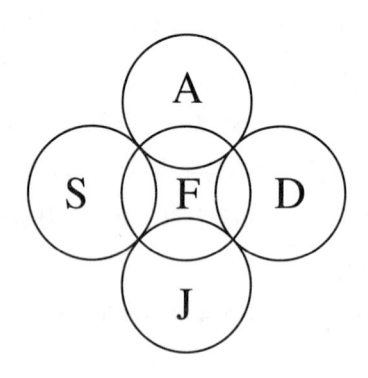

"'D'代表毒品——这是毒品供应网络，毒品在多个仓库中流转。从危害最小的品类到真正的杀手，应有尽有。其总部看上去似乎设在地中海东部的勒旺岛上，通过土耳其、巴基斯坦、印度和中亚扩散出去。"

"他们的目的是赚钱？"

"大把大把的钱。但是其中的操控者不仅仅是毒贩，这里面还隐藏着更邪恶的目的。他们用毒品麻醉那些意志不坚定的年轻人，让他们变成彻底的奴隶，让他们没有毒品就活不下去，干不了活儿。"

坎伍德吹了一声口哨。

"这可不太妙啊！那你们到底知不知道这些毒枭都是些什么人？"

"找到一些，但只是小头目，不是真正的幕后操纵者。据我们现在了解到的情况，他们的总部位于中亚和勒旺岛。他们把毒品放进汽车轮胎、水泥、混凝土等各种仪器和工业用品之中，运送到世界各地。它们就像普通贸易品一样通过海关，进入各个目的地。

"'F'代表着金融，就是钱！所有这一切都是由钱罗织在一起的。关于钱的问题，你们得去问问鲁滨孙先生。根据这里的一份纪要显示，大量金钱从美国流出，他们在巴伐利亚还有一个总部。南非有很多资金储备，主要是黄金和钻石。大部分资金都流向了南美。其中一个主要的资金操纵者，如果可以这样说的话，是一个非常有实力和头脑的女人。她的年纪已经很大了，应该快入土了，但其势力仍然很强而且十分活跃。她名叫夏洛特·克拉普，其父是德国宏大卡拉普地产的所有者。而她本人也是一位金融天才，在华尔街运筹帷幄。她的投资遍布世界各地，以此积累了滚滚财源，投资的范畴涉及交通、机械和其他工业领域。她住在巴伐利亚一座巨大的古堡中——她就是从那里将金钱输向世界各地。

"'S'代表着科学，关于生化武器的新知识。很多年轻的科学家都已经叛变了,我们认为,美国的一部分核心人员已经宣誓效忠于无政府主义。"

"为无政府主义而战?听上去是一种很矛盾的说法。可能吗?"

"年轻人就会相信无政府主义。他们想要一个新的世界,但是首先得推倒这个旧的——就像我们推倒一幢旧房子,才能在原地建造一个新房子一样。可是,如果你不知道要去哪里,不知道别人会把你诱惑到哪里,甚至是强迫去哪里,不知道那个新世界会是什么样子。而当他们实现了新世界之后,这些人会怎么样?他们当中有的是奴隶,有的被仇恨蒙蔽了双眼,有的被暴力和疯狂迷了心窍,他们被人鼓动、利用。还有人——愿上帝拯救他们——仍然充满了理想,仍然像法国大革命时代的法国人民一样,相信革命可以为他们带来繁荣、和平、幸福和满足。"

"那我们要做什么?有什么建议吗?"提问的是海军上将布伦特。

"我们要做什么?做我们能做的一切。我向你们在座的各位保证,我们将尽一切所能。在每个国家都有人为我们工作——情报调查人员——他们搜集信息然后带回来——"

图解

F 夏洛特大佬——巴伐利亚

A 埃瑞克·奥拉夫森——瑞典,实业家、军火商

D 据称是一个名叫德米特里厄斯的人——土耳其士麦那,毒枭

S 萨诺兰斯基博士——美国科罗拉多,物理和化学家(存疑)

J ——一个女人,化名胡安妮塔,据称是个危险人物,真名不详

　　"重要的是,"派克威上校说,"首先我们要知道,要弄明白这些人的底细,谁是跟我们站在一起的,谁不是。弄清这一点之后再看看我们能做什么。

　　"我们把这份图表命名为'圈子',我们列出了现在所掌握的这个圈子的一些头目,那些有疑问的表示我们只知道他们的称谓——或者,我们只是怀疑他们是我们要找的人。"

第十五章　玛蒂尔达姑婆的疗养之旅

1

"我想大概是某种疗法吧！"玛蒂尔达夫人猜道。

"一种疗法？"唐纳森医生应道。他面露疑惑，完全没有了身为一名知识渊博的医生应有的风范。在玛蒂尔达夫人看来，相对于已经适应了几年的老医生而言，年轻医生就是有这点不足。

"以前我们就是这么叫的，"玛蒂尔达夫人解释道，"在我年轻的时候，人们都去疗养。玛利安巴德、卡尔斯巴德、巴登巴登等等。前两天我在报纸上看到这个新地方，是家很新很先进的疗养所。据说采用了很多新的想法和做法。我并非对新的想法有多么向往，但也不抗拒。我的意思是，它们可能只是跟以前一样的东西，只不过重新来过罢了。喝上去像臭鸡蛋似的泉水，最先进的饮食搭配，一大早就步行去什么疗养处，或者温泉，或者现在他们起的什么新名字吧。我想还会有按摩什么的。以前用的是海藻。不过这个地方在某座山上，在巴伐利亚，或者奥地利那些地方。所以我想可能没有海藻。也许会让我们吃那些毛茸茸的苔藓——哦，这听上去就像喂狗。也许那里的矿泉水像臭鸡蛋水一样好。房子应该差不了，不过现在唯一让我们担心的是，人们似乎不在现代建筑里安装楼梯扶手了。一段段漂亮的大理石台阶，但就是没有扶手。"

"我想我大概知道您说的这个地方了,"唐纳森医生说,"最近报纸上有很多关于它的宣传。"

"你知道,像我这样年纪的人,"玛蒂尔达夫人说,"就喜欢尝试些新鲜事物。真的,我猜只是想找点儿乐子吧。这倒没有让我们觉得能对健康有多大好处,但也不坏,是吧,唐纳森医生?"

唐纳森医生看着她,他并没有玛蒂尔达夫人想象得那么年轻。他已经快四十岁了,是个老练而富有亲切感的人,而且,对于上了年纪的病人,只要不是什么很过分或者会给病人带来危险的事,他一般不太计较。

"我想这对您一点儿坏处也没有,"他说,"也许是个很好的主意。当然了,旅行可能会有点儿累人,不过现在坐飞机又快又方便。"

"快是没错,可是没那么方便,"玛蒂尔达夫人说,"通道、滚梯、摆渡车,然后飞到另一个机场,再坐车。真是麻烦。但是我想在机场里应该可以使用轮椅吧。"

"当然可以。好主意!只要您答应坐轮椅,而不是一味逞强地到处走——"

"知道,知道,"他的病人打断他的话,"你的确很善解人意,真的是个非常善解人意的人。人总是有点儿自尊的,是吧?如果还能拄着拐棍或者在一点儿协助下到处看看,我们可真不想窝在床上等死。如果换作个男人,就简单多了,"她自嘲道,"这样你就可以在一只腿上缠上厚厚的绷带,装作患了痛风。我是说,痛风在男性当中是一种很常见的疾病,没有人会想到比这更厉害的了。一些老朋友觉得那是因为他们常常被派去葡萄牙,过去人们都是这么想的,可我并不相信这个说法。葡萄牙酒并不会让你得痛风。是的,一台轮椅。这样我就可以坐飞机去慕尼黑或者其他什么地方了。只要让人在目的地安排一辆汽车什么的,就可以了。"

"您会带着莱瑟林小姐同行,是吧?"

"艾米?哦,当然啦!没她可不行。不管怎么说,您觉得这不会对我有什么危害吧?"

"不会的,反而有很多好处。"

"你真是一个大好人。"

玛蒂尔达夫人对他眨了一下眼睛,开始把他当成熟人了。

"你觉得去一些新的地方、见一些新的面孔能让我心情好一些,是吗?你这么想当然没错。不过,我觉得这次出去的目的还是去疗养,虽然实际上也没什么可治疗的。确实没什么可治的,是吗?当然,除了上了年纪之外,可惜上年纪是无药可救的,人只会越来越老,对吗?"

"重要的是这是否能让您开心,我觉得会的。对了,不管做什么,只要您觉得累了,就停下来。"

"如果那儿的水喝起来跟臭鸡蛋似的,我还得喝几杯。倒不是因为我喜欢那味道,或者真的对我有什么好处,而是因为这让我有点儿苦修的感觉,就像以前我们镇子上那些老妇人。她们总喜欢那些黑糊糊的,有着浓重薄荷味的小药丸。她们觉得那些比简单的药丸或者颜色淡如白水的饮剂更有效。"

"您真是太了解人的本性了。"唐纳森医生说。

"您对我真好,"玛蒂尔达夫人说,"谢谢!艾米!"

"是的,玛蒂尔达夫人,您有什么吩咐?"

"去给我找份地图来,好吗?我都忘了巴伐利亚和周边那些国家在什么位置了。"

"我想想。地图，呃，我记得图书馆里好像有一份。那里肯定有些旧地图，大概是十九世纪二十年代左右的。"

"有没有新一点儿的？"

"地图？"艾米说着，绞尽脑汁思索起来。

"如果没有就去买一份，明天上午带过来就行了。如果没有地图就比较麻烦，现在的地名都变了，国家的名字也不一样了，没有地图我会迷路的。不过，你得帮我弄一份。去找个放大镜来，好吗？我记得前两天在床上看书，那个放大镜好像掉到床缝里去了。"

她的要求虽然没有立刻得到实现，但不久后艾米就给她找来一份地图、一只放大镜和一份参照用的旧地图。在玛蒂尔达夫人眼中，艾米这个好姑娘还是很有用的。

"哦，在这里。好像还是叫孟布鲁格什么的，在提洛尔或者巴伐利亚。这些地方都变样了，而且还起了不同的名字。"

2

玛蒂尔达夫人环顾位于盖索斯的这间卧室。房间是事先为她订好的，价格不菲。房间布置得很舒适，但看上去十分简朴，似乎是让居住在这里的人们进入一种苦行僧的状态，修行、节食，可能还会有痛苦的按摩。这里的装饰很奇怪，她想。主人考虑到了人们的各种嗜好。墙上有一张巨大的天主教教义。玛蒂尔达夫人的德语早已不及年轻时的水平，但她看得出来，那上面讲的是回到青年的美好幻想。不光是年轻人手中握着未来，他们也向老人灌输甜言蜜语，让他们觉得自己也可以拥有第二春。

这里有各种辅助设施，可以让形形色色的人修行——这些人总觉得人们有足够的钱来这里做这些事情。床边有一本基甸《圣经》，就像玛蒂尔达夫人去美国时常常在旅馆房间的床边看到的那种。她满意地拿起那本《圣经》，随意翻到其中一页，然后指着其中一个段落读起来。她满意地点点头，在床头柜上的一个小记事本上写了几句话。这已经成为她多年来养成的习惯——随时获得神的启示。

我曾经年轻，现已步入老年，但尚未感到晚年的孤独与凄凉。

她在房间里继续探索。床头柜下层放着一本《哥达年鉴》[①]。位置还算方便，但不很显眼。对于那些想了解有着几百年历史、至今仍然受到贵族关注的上流社会的人们而言，这可是一本不可多得的好书。会派上用场的，她想，我可以从中学到不少东西。

瓷炉旁的书桌上放着几本简装现代社会先知们的教义。那些还在任上或者刚刚下台的政客们的言论在这里供那些烫着头发、身着奇装异服、满腔热情的年轻人学习和追随。里面有马库塞[②]、格瓦拉[③]、列维·斯特劳斯[④]、法农[⑤]。

万一碰上这些风华正茂的年轻人，跟他们交谈，她还得知道一点这些东西。

就在这时，门外有人轻轻敲门。随后，门打开一条缝，忠

[①]《哥达年鉴》(Almanach de Gotha)，于一七六三年第一次在德国的哥达印刷，详细记载着欧洲和南美洲贵族、皇室及王室的相关谱系等内容。
[②] 马库塞 (Marcuse, 1898—1979)，德裔美籍哲学家、社会理论家，法兰克福学派的一员，主要的马克思主义研究者之一。
[③] 格瓦拉 (Guevara, 1928—1967)，国际政治家及古巴革命的核心人物。
[④] 克洛德·列维·斯特劳斯 (Claude Levi Strauss, 1908—2009)，著名法国人类学家。
[⑤] 法农 (Fanon, 1925—1961)，法国作家、散文家、心理分析学家、革命家，思想家。

诚的艾米在门口露出一张脸。艾米，玛蒂尔达夫人突然想到，再过十年，她就会看上去像一只温顺的绵羊，一只温顺而忠实的绵羊。而现在，玛蒂尔达夫人庆幸她仍是一只胖乎乎、有着漂亮的小鬈发、深邃而和蔼的眼睛，说话温柔而非唠唠叨叨的绵羊。

"但愿您昨晚睡了个好觉。"

"是的，亲爱的，我睡得好极了。拿到了？"

艾米总能看透她的心思，伸手将东西递给主人。

"啊，是我的食谱，我看看。"玛蒂尔达夫人仔细看着，然后说道，"真是让人看上去太没有胃口了！这是什么水？"

"不怎么好喝。"

"嗯，我也觉得不会好喝。半小时后再过来吧，我有封信想让你帮我寄出去。"

她把早餐推开，来到书桌前，想了一会儿之后，开始写信。"这样应该就可以了。"她自言自语道。

"对不起，玛蒂尔达夫人，您说什么？"

"我在给以前的一位老朋友写信，就是我之前跟你提起过的那位。"

"就是您说的那位有五六十年没见过面的老朋友？"

玛蒂尔达夫人点点头。

"我真希望——"艾米抱歉地说，"我是说……我……都那么久了，现在人们都很健忘，真希望她还能记得您和那些往事。"

"她当然记得，"玛蒂尔达夫人说，"人们是不会忘记十几岁时的挚交的，那些记忆会永远刻在你脑子里。你会记得他们戴的帽子的款式，他们开怀大笑的样子，记得他们的好、他们的坏，所有的一切。可是换了是二十年前认识的人，如果有人跟我提起他们，或者哪怕是见到他们，我都想不起来他们是谁了。哦，会的,她会记得我,记得我们在洛桑度过的那段时光。去把信寄了吧,我得做点儿功课了。"

她拿起那本《哥达年鉴》,回到床上,认真地研究起来,好像它们真能派上用场似的。一些家庭关系和其他各种有用的族谱。谁娶了谁,曾经住在哪里,又有谁遭遇了哪些不幸等等。她研究该书的目的并不是因为要见的那个人可能在这本书里,而是因为她生活在这个世界里,她特意搬到一个贵族之家的城堡里,并且因此得到了当地人的尊敬和奉承。实际上,她根本不是什么贵族,而且出身贫寒,这一点玛蒂尔达夫人非常清楚。她必须用钱买到这一切。只有大笔大笔数不尽的金钱才能办到。

玛蒂尔达·克莱克海顿夫人毫不怀疑,她这个八世公爵的女儿,肯定会受到款待。可能会有咖啡吧,还会有可口的奶油蛋糕。

3

玛蒂尔达·克莱克海顿夫人走进修洛斯城堡内一间宽敞的会客厅。这里距她们居住的疗养院有十五英里的车程。她精心打扮了一番,虽然艾米提出了一些不同的看法。艾米并不常提出自己的意见,但这次她很为自己主人的这身装扮是否得体而感到担心。

"您不觉得这条红裙子有点儿旧了吗?您明白我的意思吧?我是说,胳膊下面有两三处都磨光了——"

"我知道,亲爱的,我知道。确实有点儿破了,但不管怎么说也是件巴杜[①]的。现在看上去是旧了，买的时候可是相当昂贵的。我不想把自己打扮得很有钱，或者很夸张，我只是个落魄的贵族后裔而已。五十岁以下的人肯定会瞧不起我。但是我们要去见的这位女主人，她生活在这个圈子里，并且已经在这个圈子里待了几年。在这个圈子里，女主人会先让一位衣着破旧但是有贵族血统的老妇人先行入座，而有钱人只有等待的份儿。家族传统可不是轻易就能摈弃的。要入乡随俗。对了，去我的箱子里把那条带羽毛的围巾找出来。"

"您真的要戴那条带羽毛的围巾吗？"

"当然，就是那条鸵鸟毛的。"

"哦，我的天，那条围巾怕是放了好几个世纪了！"

"没错，但我收藏得很好。你等着瞧吧，夏洛特肯定会看出来的。我要让她认为，我这个出身英国最高贵家庭的后代，已经没落到要穿珍藏多年的衣服了。而且，我还要穿那件海豹皮大衣。那件也旧了，当年却是一件很棒的大衣呢！"

如此打扮一番之后，两个人就上路了。艾米也特意装扮一番，颇为低调又不失干练。

玛蒂尔达·克莱克海顿夫人已经对她即将见到的景象做好了准备。一条大鲸鱼，就像斯塔福德告诉他的。一条圆滚滚的鲸鱼，一个丑陋的老女人，周围的墙上却挂满了价值连城的名画。夏洛特稍显困难地从她的宝座上站起来，那椅子就像中世纪某个了不起的王子宫殿中的宝座。

"玛蒂尔达！"

"夏洛特！"

[①]让·巴杜（Jean Patou，1887—1936），西班牙裔法国人，二十世纪二三十年代最伟大的服装设计师之一。

"啊！这么多年了。太不可思议了！"

她们愉快地寒暄着，一会儿是德语，一会儿又是英语。玛蒂尔达夫人的德语已经不大灵光，夏洛特的德语则说得非常好，英语也很熟练，只是带着很重的喉音，偶尔还会冒出一两句美国口音。她实在是太丑了，玛蒂尔达夫人心想。有一阵，她觉得自己还是喜欢过去的那个夏洛特，可是马上又想起那时夏洛特也是最不讨人喜欢的一个女孩。没有人真正喜欢她，而她也没想让谁喜欢。但学生时代总能给人留下深刻的记忆。她不知道夏洛特是否喜欢自己，但是她记得，那时候夏洛特对她很巴结，也许曾经幻想住在英国公爵的城堡里。玛蒂尔达的父亲虽然出身高贵，却曾经是英国最为落魄的公爵之一。他的地产是因为娶了一个有钱的夫人才得以保全。他对这位夫人极其尊敬，后者则不放过任何拿他寻开心的机会。幸运的是，玛蒂尔达是他第二次婚姻所得。她母亲非常和蔼，还是个颇为杰出的演员，比很多真正的公爵夫人都像一位公爵夫人。

她们回忆着过去的往事，比如一些老师做的恶作剧，同学们美满或不美满的婚姻。有几次，玛蒂尔达还提到了《哥达年鉴》中看到的家族联姻情况——"艾尔萨的婚姻一定糟透了，她嫁给了一个波旁—帕尔马家族的人，是吧？哦，是的，是的，你知道那将意味着什么，真是太不幸了。"

仆人端上咖啡，美味的咖啡，千层糕拼盘和美味的奶油蛋糕。

"我不该碰这些，"玛蒂尔达夫人大声说道，"真的不行！我的医生很严厉，他要我在这里严格遵守疗养院的食谱。可今天是个特别的日子，对吗？我们仿佛又回到了年轻的时候。这太有意思了。前不久，我的侄孙来拜访过你——我忘了是谁带他来的，那个女伯爵——呃，是个Z打头的名字，想不起来了。"

"丽娜塔·柴科斯基女伯爵——"

"哦，对了，就是她。我猜那一定是位迷人的小姐，她带他来见你，真是个好心人。这里给他留下了深刻的印象，他跟我讲起你的那些珍藏，你的生活方式，当然还有他听到的关于你的那些了不起的事。讲你身边有一大群——怎么说呢——一大群出色的、风华正茂的年轻人。他们聚集在你身边，崇拜你。你真了不起。换了我可真不行，我得乖乖地待在家里，因为风湿性关节炎。还有经济上的困难，能维持家业就已经很不容易了。对呀，你知道的，在英国——税收可害苦我们了。"

"我记得你那位侄孙，是的。他很随和，是个非常随和的人。在外交部工作，是吧？"

"哦，是的。但问题是——我总觉得他的才干并没有受到应得的赏识。他倒也没有抱怨，只是觉得他——呃，他觉得自己没有得到应有的重视。现在当权的那些人，叫什么来着？"

"乌合之众！"夏洛特大佬说。

"一群无知的知识分子。要是换了五十年前肯定不一样，"玛蒂尔达夫人说，"可现在，他根本没得到该有的晋升。而且，我还可以肯定地告诉你，他们甚至怀疑他的忠诚。你知道吗？他们怀疑他跟——我该怎么说呢——跟某个党派和革命势力是一边的。可是你得明白，只有能接受新想法的人才能在未来有所作为。"

"你是说他——你们英国人怎么说来着——像他们所说的，不同情政府？"

"嘘，嘘，我们不能说这些事，至少我不能。"玛蒂尔达夫人说。

"你倒提起了我的兴致。"夏洛特说。

玛蒂尔达·克莱克海顿叹了口气。

"别提了,就当看在我这个老朋友的面子上。斯塔福德一直是我最疼爱的一个孩子。他是个既聪明又讨人喜欢的孩子,而且还很有想法。他计划中的未来,是一个与现在大不相同的未来。而英国在政治上简直是一团糟。你的话以及你给他展示的一切,让他留下了非常深刻的印象。我知道你为音乐界做了很多事。我不禁觉得,我们需要的是一个优秀种族的理想。"

"我们应该而且可以有一个优秀的种族。阿道夫·希特勒的想法是对的,"夏洛特说,"他的出身并不高贵,可他的人格是高尚的。而且,毫无疑问,他有着杰出的领导才能。"

"嗯,没错。我们现在需要的正是这种领导才能。"

"亲爱的,你们在第二次世界大战中选错了盟友。如果英国和德国能够联合起来,如果我们有着共同的理想,有着对年轻人的共同信念,两个有着正确理想的雅利安民族。想想吧,如果是这样,我们今天该会有怎样的成就?不过,这种想法也许太狭隘了。从某些方面而言,共产党人给了我们一些启迪。全世界的无产阶级联合起来?但这种眼光还是太短浅了。工人只是我们的工具,应该是'全世界的领导者们联合起来!'有着领导才能、出身高贵的年轻人。我们需要的不是墨守成规的中年人,他们就像磨损的唱片,只会一再重复同样的喑哑曲调。我们必须去学生中寻找勇敢的、有理想的年轻人,他们勇往直前、不畏生死,也愿意为我们去杀人,并且不会为此良心不安——因为如果没有进攻、没有暴力——就没有胜利。我要让你看一件东西——"

她挣扎着站起身来。玛蒂尔达夫人也随她站起来,特别显出有些困难的样子,一定程度上是她刻意装出来的。

"那是一九四〇年五月,"夏洛特说,"当时希特勒的青年团已经进入第二个阶段,也就是席穆勒获准筹建秘密警察的时期,目的是消灭东方人、奴隶,全世界的奴隶,从而为德国的优秀民族腾出空间。秘密警察这个执行机构就这样成立了。"她压低了声音,念叨着,像在念一种宗教誓词。

玛蒂尔达夫人差点儿就在她胸前画起了十字。

"死亡头颅的命令。"夏洛特说。

她迟缓而痛苦地走向房间另一端,抬手指着对面墙上的"死亡头颅的命令"。它周围镶着一个镀金画框,顶上有一颗头颅。

"你看,这是我最珍爱的收藏。我把它挂在墙上,我的青年团每次来都要向它行礼致敬。城堡里还收藏着它的每一页内容。其中有一些只有坚强的人才看得了。但是,人们必须学会接受这些事物。毒气室死亡图、刑房,纽伦堡的审判中恶毒地提到了所有这些。但这是一种伟大的传统。人类只有经历痛苦才能坚强起来。他们都是训练有素的年轻人,男孩子们,他们不该犹豫、退缩或者因软弱而胆怯。就连宣扬马克思主义的列宁也告诉人们'不要心软!'这是他创造完美国家的首要原则之一。但是,我们还是太狭隘了,我们的伟大梦想还只限于德国的高贵民族。但还有其他民族。他们也可以通过磨难、暴力,通过无政府主义运动来实现做主人的梦想。我们必须消灭一切软弱的组织,消灭给人类带来耻辱的宗教。我们要相信力量,就像从前的维京人①一样。而且,我们已经有了一位领袖。虽然他还年轻,但他的力量每天都在增强。那些伟人是怎么说的?给我工具,我就能把工作做好。大概是这样吧。我们的领袖已经有了工具。而且还将得到

---

①北欧海盗,公元八世纪到十一世纪一直侵扰欧洲沿海和英国岛屿,其足迹遍及欧洲大陆至北极的广阔疆域。

更多,他会有飞机、炸弹、化学武器。他会有军队、交通工具,船和石油。他将拥有传说中阿拉丁的大力神。他一擦神灯,大力神就会钻出来。一切都掌握在他的手中——制造方法、获得财富的手段和我们年轻的领袖,一位天生的领袖。他掌握着这一切。"

她呼哧呼哧地喘着气,咳了起来。

"来,让我扶你一把。"

玛蒂尔达夫人挽着她回到椅子上,夏洛特坐下后又喘了一会儿。

"上了年纪真是件让人伤心的事,但我会活下去的。活到亲眼看到新世界的成功缔造。那就是你想让你的侄孙得到的,不是吗?我会留意的,在英国得到一点儿权力,那就是他想要的,是吧?你准备好替我们做做那里的工作吗?"

"以前我们还有点儿影响力,可现在——"玛蒂尔达夫人悲哀地摇摇头,"都已成过眼云烟了。"

"还会回来的,亲爱的,"她的朋友说,"你来找我是对的,我还有些影响力。"

"这是一件伟大的事业,"玛蒂尔达夫人说,她叹了口气,然后低声念道,"年轻的齐格弗里德。"

4

"希望您这次与老朋友的会面很愉快。"艾米在返回盖索斯的路上说。

"如果听到我的那些胡言乱语,你就不会这样说了。"玛蒂尔达·克莱克海顿夫人说。

第十六章　派克威的讲话

"法国的情况非常糟,"派克威上校说着,弹去西装上的一堆雪茄灰,"我记得温斯顿·丘吉尔在二战时也说过同样的话。他说话言简意赅,从没有一个多余的字,这是非常难得的。字虽少,却告诉了我们需要知道的一切。虽然已经过去这么长时间了,但是,我今天还要再说一遍,法国的情况非常糟。"

他一边咳嗽一边喘着气,又弹了弹身上的烟灰。

"意大利的情况非常糟,"他说,"假如我们能多知道一些俄国的消息的话,想必也会非常糟。他们也遇到了同样的麻烦。成群结队的学生上街游行,他们砸破商店的玻璃窗,攻击各国使馆。埃及的情况非常糟。耶路撒冷的情况非常糟。叙利亚的情况非常糟。但这些基本上还算正常,所以我们不用特别担心。可阿根廷的情况在我看来就有些不同寻常了。非常不寻常。阿根廷、巴西、古巴的学生联合起来,组建了一个自称为什么黄金青年联邦的国家。他们还有一支训练有素、装备齐全、有组织的军队。他们有飞机,炸弹,以及各种各样我们想都想不到的武器。最糟的是,他们当中的大多数还知道如何使用这些武器。他们似乎还有一支乐团,流行歌曲、民谣和过去的军歌,就像旧时的救世军一样——绝非亵渎神明——我不是诋毁救世军,他们还是做了不少好事的。还有那些漂亮的女孩子——就像戴着贝雷帽的潘趣[①]。"

他继续说道：

"我听说，在我们这些文明国家里正在酝酿某些阴谋，第一个就是英国。我想我们还可以称得上是文明国家吧？我还记得前几天有个政客说，我们的国家简直就是一个奇迹，主要原因就是我们是个自由的国家，我们有示威游行，有破坏活动，有无所事事的人打架斗殴。我们有暴力却失去了斗志，我们脱光了衣服却丢掉了道德。我猜他八成不知道自己在讲些什么——政客们通常如此——但他们可以把话说得好听些，这就是他们成为政客的原因。"

他停了一下，看了看对面听他高谈阔论的人。

"真令人沮丧——太可悲了，"乔治·帕卡姆爵士说，"实在是令人难以置信，让人担心，恐怕除了担心以外也没有别的法子——这就是你得到的所有消息？"他伤心地问道。

"这还不够吗？你真是贪心啊！整个世界就要陷入无政府主义状态了——这就是我们将要面临的局面。虽然还不太稳定——还没有完全成形，但是已经非常接近了——非常非常接近了。"

"但是我们还是可以采取行动来阻止它啊？"

"可没有你想象得那么容易。催泪弹只能阻挡他们一时，给警察一点儿喘息的时间。实际上，我们有不少细菌武器、核弹和其他致命武器——但试想一下，如果我们使用这些武器，情况会怎么样？这将消灭那些示威游行的孩子，消灭商业区购物的主妇，待在家中的老人，还有那些自以为是的政客，当然还有你和我——哈，哈！"

---

① 潘趣（Punch），英国早期木偶剧中的角色。

"不管怎样,"派克威上校继续说道,"如果你只想知道一些消息的话,我知道你今天也得到了一些爆炸性新闻,德国的绝密消息,而且是亨利克·司比斯先生本人亲自告诉你的。"

"你究竟是怎么知道的?这应该是最高的——"

"这儿的每一件事都逃不过我们的眼睛,"派克威上校说,接着又加上他那句口头禅——"这是我们的工作。"

"而且我听说还要派个博士过来。"他又说道。

"是的,赖卡特博士,我想应该是位顶尖的科学家——"

"不,我说的是医学博士,疯人院的——"

"哦,天哪,是个精神科医生?"

"应该是吧,疯人院里的不都是精神科医生吗?但愿他能来检查一下这些年轻煽动者们的脑袋,看看是哪一点出了毛病。这些脑子里都装满了德国哲学,黑色政权哲学,死了的法国作家的哲学,等等。而且,如果可能的话,也让他检查检查那些法官的脑袋。他们就知道坐在法庭上,让我们一定要小心,不要伤了那些年轻人的自尊,说他们将来还要到社会来工作。我倒宁可请他们回家。国家会养着他们,供他们专心读他们的哲学去吧,这会让这个社会安全得多。不过,我的思想已经落伍了,不用你说我也知道。"

"我们得学着接受新的思想,"乔治·帕卡姆爵士说,"我觉得,我是说我希望——唉,这很难说——"

"一定很难受吧,"派克威上校说,"不知道该怎么表达的时候。"

这时电话铃响了,他接起来,然后把话筒交给了乔治爵士。

"喂?"乔治爵士说,"喂?哦,是的,没错,我同意。我想——不——不——不是内政部。不，您是说私人的？如果是这样，我想我们最好用——呃——"乔治爵士谨慎地打量着周围。

"我这儿不会被窃听的。"派克威上校亲切地说道。

"代号蓝色多瑙河，"乔治·帕卡姆爵士用沙哑的声音低声说道，"嗯，好的，我会带派克威上校一起来。哦，是的，当然。是，对。我会跟他联系，是的，说您特意请他去一趟，不过记住，我们的会面是严格保密的。"

"这么说就不能用我的车了吧？"派克威说，"那太引人注目了。"

"亨利·霍舍姆会开他的大众来接我们。"

"很好，"派克威上校说，"这事有点儿意思，是吧？"

"你难道不觉得——"乔治爵士迟疑了一下。

"我不觉得什么？"

"哦，我是说，呃，我是说，能不能用衣刷子掸掸？"

"哦，这个啊。"派克威上校拍拍自己的肩膀，雪茄烟灰随之腾起，惹得乔治爵士咳嗽起来。

"南妮——"派克威上校喊道，然后使劲敲了一下桌上的电铃。

一位中年妇女拿着一把衣刷突然出现在他们面前，其动作之快就像那个突然从阿拉丁神灯里冒出来的妖怪。

"请暂时屏住呼吸，乔治爵士，"她说，"可能会有点儿呛人。"

她为派克威上校打开门，他走了出去，房间里传来他夹杂着咳嗽的抱怨声：

"这些人真是麻烦。老得让你像个理发师的假人模特似的。"

"我可不这样认为，派克威上校。现在您也该习惯我给您清理了。您也知道，内政部长有哮喘。"

"可那是他的问题，是他没能把伦敦街上的污染治理干净。

"走吧，乔治爵士，我们去看看德国朋友为我们带来了什么消息。听上去好像还挺急的。"

第十七章　海因里希·斯皮斯先生

海因里希·斯皮斯先生心事重重，而且也无意掩盖这个事实。他承认，这五个人聚在一起要讨论的问题事关重大，而这也无须任何掩饰。与此同时，他带着一副自信的神情，这是他近来在德国处理各种政治危机时最常见的神态特征。他是一个思虑周到、个性坚毅的人，总能为参加的会议带来一些实际的想法。他并没有表现得像个智者，而这本身就给人一种信任感。很多国家的混乱大约有三分之二都是那些自以为是的政客们造成的，而另外三分之一则是由那些根本不懂得掩饰自己不甚高明的判断能力的政客造成的。

"我想您应该了解，这绝非一次官方访问。"总理说道。

"哦，当然，当然。"

"我刚刚得到一些消息，觉得有必要与诸位分享一下。这给最近让我们疑惑不安的局势带来一线曙光。这位是赖卡特博士。"

大家各自做了介绍。赖卡特博士身材高大，相貌可亲，说话的时候总是把"啊，是的"挂在嘴边。

"赖卡特博士是卡尔斯鲁厄一所大型精神疗养院的负责人，为那里的精神病患者治病。大概有五六百位病人吧？如果我没有记错的话。"

"啊，是的。"赖卡特博士说。

"我想精神病人有几种不同类型吧?"

"啊,是的。精神病有几种不同类型,不过,我专门研究一种精神问题,而且也基本上只对这种患者进行治疗。"接着他说起了德语,斯皮斯先生适时为在场的英国朋友做一些简单的翻译,以便他们了解其中的内容。这一举动的确十分必要而且机智。因为有两个人只能听懂一半,一个人完全听不懂,而另外两个人也是一头雾水。

"赖卡特博士的主要成就,"斯皮斯先生解释道,"是医治一种在我们外人看来患有自大狂的病人。这些人认为自己非常了不起,认为自己非常重要,总是觉得有人要迫害自己——"

"啊,不对。"赖卡特博士说,"没有迫害妄想症,我不医这种病。我的诊所里没有这一类病人。我也不接收研究领域以外的病人。恰恰相反,他们觉得,他们这么做是因为他们想要快乐。而他们也得偿所愿,我可以让他们感到快乐。但是,如果我把他们治好,他们反而不能快乐了。所以,我必须找到一种方法,让他们恢复理智,同时又能感到快乐。我们把这种特殊的心理状况叫做——"

他说了一个恶声恶气的冗长德语词,这个词至少有八个音节。

"为了我们的英国朋友着想,我想我还是用自大狂这个词吧,尽管我知道,"斯皮斯先生迅速地继续说下去,"赖卡特博士,你们现在已经不用这个词了。就像我刚才说的,你的诊所里有六百个病人。"

"曾经有过八百人。"

"八百人!"

"没想到——真是没想到。"

"你的这些病人——从一开始……"

"我们有全能的上帝,"赖卡特博士解释道,"你懂吗?"

拉曾比先生看上去有些吃惊。

"哦,呃,是的……呃,是的。我真是没有想到。"

"有一两个年轻人自认为是耶稣基督,但以为自己就是上帝的人更为普遍。还有其他的人。我们曾经有过二十四位阿道夫·希特勒——"他从口袋里翻出一本小记事本,看了看,"我这里有一些记录,是的。十五个拿破仑。拿破仑是个很受欢迎的角色,十个墨索里尼,五个恺撒大帝再世,还有五花八门的个案,非常奇特,非常有趣。我在这里就不多说了,对于医学界之外的人,你们可能对此不感兴趣。我这就说一下跟你们有关的一件事。"

赖卡特博士每说几句就停一下,以便斯皮斯先生翻译。

"有一天,一位政府官员去找他,一位当时很受政府器重的人,哦对了,那是在战时,我们暂且称这个人为马丁·B。你们一会儿就知道我说的是谁了。与他同行的还有他的上司,实际上跟他同行的——算了,我们还是直说了吧——就是元首[①]本人。"

"啊,是的。"赖卡特博士说。

"您要知道,他来医院考察是一件很光荣的事,"医生继续说,"我们的元首,他很和蔼可亲。他告诉我,他听说了我所取得的巨大成就。他说自己最近遇到点儿麻烦,军队里有人出了问题。他们曾经不止一次遇到有人把自己当成拿破仑,有时候他们觉得自己是拿破仑手下的某一个将军,有时候还会以假乱真地发号施令,在军队里造成了不少麻烦。我本来很想给他讲一些有

[①] 当时的德国元首,即希特勒。

用的专业知识，与他同行的马丁·B却说没有这个必要。而我们伟大的领袖，"赖卡特博士略感不安地看了看斯皮斯先生，继续说道，"他并不想知道这些细枝末节。他说，毫无疑问，最好能请几位有经验的精神方面的专家去看一看。他想——呃，他想到处看看，后来我才发现他真正想看的是什么。我早就该猜到了。哦，是的，因为你知道，这种病的症状是很明显的。生命的压力已经在元首的身上显现出来。"

"我猜他那时已经开始自以为是万能的上帝了。"派克威上校突然插嘴道，接着咯咯地笑起来。

赖卡特医生显得很惊讶。

"他要我告诉他一些事情。他说，马丁·B告诉他，我有很多病人自认为是阿道夫·希特勒。我跟他解释说这并不奇怪，因为他们对希特勒的尊敬和崇拜，他们很自然会想像他一样，而这种强烈的愿望最终导致他们把自己当成他。我说这些话的时候还是有点儿担心的，但当我发现他对我的解释感到很满意的时候，我很开心。我相信他把这种发自内心想成为他的愿望当成了一种恭维，一种荣耀。之后他问能否见几个有这样问题的病人。我们商量了一下。马丁·B看上去有些疑虑，他把我拉到一边，并且向我保证，希特勒先生只是想体验一下，而他所担心的是希特勒先生不能——简单地说，就是希特勒先生不能有任何危险。如果这些自认为是希特勒的病人有一点儿暴力或者危险倾向的话……我向他保证无须有此担心。我说我会召集一些最和蔼可亲的希特勒，让他集体检视。B先生坚持说，元首要近距离接触他们，跟他们说说话，不希望我在场。他说，病人们看到我这个负责人在那里会表现得不自然，而且如果有什么危险……我再度向他保证，不会有任何危险。但是我说，我希望B先生能陪在他身边，这没什么问题。一切准备就绪。我发下通知,让那些希特勒到一个房间里来见一位特殊的客人。

"啊,是的。等大家到齐了之后,我把马丁·B和元首介绍给他们。然后就退了出来,在门外跟两位陪他们前来的武官聊了起来。我说,元首看上去似乎十分焦虑。他当时确实遇到不少麻烦。当时,战事已接近尾声,局势十分不利。他们告诉我,元首最近十分沮丧,但是他们坚信,只要他所提出的政策能被手下的将领接受,而且积极去执行,他们就会取得战争的胜利。"

"我猜你们这位元首,"乔治·帕卡姆爵士说,"当时——我的意思是——无疑已经处于——"

"我们没有必要去强调这些,"斯皮斯先生说,"他已经完全失去了自制力,从很多方面来看,他都已经不适合领导这个国家了。这些你们都可以从我们的研究里了解得十分清楚。"

"我们还记得在纽伦堡审判中——"

"我相信我们没有必要在这里提起纽伦堡审判,"拉曾比先生果断地说道,"这些都已经过去很多年了。我们要向前看,我们希望在德法以及其他欧洲国家政府的共同努力下,建立一个繁荣的共同市场。过去的就让它过去吧。"

"的确如此,"斯皮斯先生说,"但是,我们现在要谈的是过去。马丁·B和希特勒先生在会议室里只待了一小会儿,七分钟之后他们就出来了。B先生向赖卡特博士表示他们对这次经历感到非常满意。他说他们的车子已经在外面等着了,他和希特勒先生必须赶去参加另一个约会。之后他们就急匆匆地离开了。"

房间里出现了短暂的沉默。

"然后呢?"派克威上校问道,"之后发生了什么?还是已经发生了?"

"之后,其中一位自称是希特勒的病人出现了异常的行为,"赖卡特博士说,"这个人长得也很像希特勒,因此他之前一直对自己的形象很有信心。后来,他更是坚持自己就是希特勒,还说他必须马上去柏林主持一场总参大会。本来他的病情已经出现了一些转机,但是自从那次会面之后,他就好像变了个人,这种突然的变化让我百思不得其解。还好,两天以后,他的家人来医院要求带他回家做进一步治疗,我也就放心了。"

"你让他走了?"斯皮斯先生说。

"我当然得让他走。他们当时带了一位很负责的医生,而且,他是一位自愿入院的病人,不是经法院判定的精神病患者,他有自行来去的权利。所以,他就走了。"

"我不明白——"乔治·帕卡姆爵士刚想说下去就被打断了。

"斯皮斯先生有个理论——"

"不是理论,"斯皮斯先生说,"我要告诉诸位的是千真万确的事实。俄国人曾隐瞒这个消息,我国政府也是秘而不宣,但是大量证据显示:我们的元首希特勒那天自愿留在院里,而与马丁一起离开的希特勒则是病人中最像他的一个人。后来自杀死在地堡里的也是这个人。我用不着转弯抹角,我们也没必要再就那些无谓的细节做过多的讨论。"

"但我们要知道事实的真相。"拉曾比说。

"真正的希特勒被人经由事先安排好的秘密途径送到阿根廷,在那里生活了几年。他和当地一位出身高贵、相貌美丽的雅利安少女生了一个儿子。有人说她是个英国女子。希特勒的精神状况日益恶化,死的时候也没有清醒过来,一直觉得自己仍在战场上指挥着千军万马。这也许是唯一一个逃离德国的办法,他接受了这个安排。"

"你是说,这么多年来一点儿消息都没透露出去,外界什么都不知道?"

"有过一些谣言,这世上从来就没少过谣言。不知道你是否还记得,有人说沙皇的一个女儿曾经逃过了灭族的大屠杀。"

"但那是——"乔治·帕卡姆顿了一下,"假的——纯粹的谣言呀。"

"有些人说那是假的,另一些人相信是真的,这两种人都知道她。有人说阿纳斯塔莎就是阿纳斯塔莎,也有人说俄国的大公主阿纳斯塔莎只不过是一个乡下姑娘。谁说的是真的?谣言!传得越久,相信谣言的人就越少,只有那些满脑子都是罗曼蒂克的人才会坚持相信。一直有谣言盛传希特勒还活着,说他没有死。没有一个人敢肯定地说,他检查过那具尸体。俄国人这样说过,但他们没有拿出任何证据。"

"你真的相信——赖卡特博士,你也支持这种奇怪的说法?"

"啊,"赖卡特博士说,"我已经把我所知道的都告诉你们了。我唯一可以确定的是,来到疗养院的是马丁·B。是马丁·B带来了元首,是马丁·B把他视为元首一样对待,跟他说话的时候表现出对元首应有的顺从。而我每天跟几百个'希特勒'、'拿破仑'以及'恺撒大帝'一起生活。你们要知道疗养院里的那些希特勒,他们看上去都很像,每个人都可能是希特勒。如果不是因为一点儿化装、衣着以及不断扮演这个角色,光凭他们对希特勒的一腔热情,他们是不会把自己当成希特勒的。我以前从未跟阿道夫·希特勒先生有过面对面的接触,只是在报纸上看过他的照片,大概知道这位伟大的天才长什么样子,但是我们看到的只是他希望我们看到的样子。他就这样来了,出现在我面前,马丁·B说他就是元首,没有人比他更清楚这一点了。所以,我一点儿也没有怀疑。我听从了他们的指令。希特勒先生想在一间会客室里单独会见一群他的——我该怎么说呢——他的复制品。他走进会客室，然后又走出来，他们可能交换了衣服，实际上他们的着装也没什么明显的不同。走出会客室的是他本人还是一个自以为是他的复制品？马丁·B带着他急匆匆地离开了，而真正的希特勒可能留了下来，享受这个过程，心想，这样，也只有这样，才能逃离这个随时都可能投降的国家。那时他的大脑就已经由于愤怒而出现了混乱，因为他所下达的命令、那些传达给部下的不着边的离奇指令，他们应该怎么做、应该怎么说，他们应该去尝试的不可能的任务，没有像从前那样得到执行。他也许已经感觉到，自己已经不再拥有至高无上的领导权。但是他还有几个忠心耿耿的部下，这些人为他安排了一条出路，把他弄出德国，弄出欧洲，把他送到另一个地方，在那里，他可以将那些崇拜他的年轻纳粹党们团结起来，在那里重新升起纳粹的十字旗。他扮演着自己的角色，毫无疑问，他很乐意这么做。是的，这很符合一个已经失去理智的人的想法。他将向其他的'希特勒'表明，自己比他们更能扮演好阿道夫·希特勒这个角色。他会不时地开怀大笑，每当这时，疗养院里的医生和护士就会进去看看他，他们会看到一些细微的变化。也许只是一位病人不太寻常的精神错乱。这也没什么大不了的。这种事经常发生。那些拿破仑是这样，恺撒大帝们是这样，所有病人都是这样。有些时候，就像一些门外汉所说的，他们会比平常更疯一些。这是我能做的唯一解释。现在，还是请斯皮斯先生来说吧。"

"真是太不可思议了！"内政部长说。

"的确是不可思议，"斯皮斯先生耐心地说，"但这些不可思议的事很可能真的发生了，在历史上如此，在现实生活里也是如此，不管它们有多么不可思议。"

"居然没有人怀疑，没有人知道？"

"这是一个周密的计划，经过了缜密的部署。逃亡的路线已经有了，我们虽然不清楚每一个细节，但可以想象出当时的情节。有些人参与到这件事当中，用不同的伪装、不同的名字将这个人从一个地方转移到另一个地方，我们后来调查发现，这些人当中的有些人并没有活到他们本该活到的年龄。"

"你是说，有人怕他们走漏风声，或者说什么不该说的话？"

"纳粹党卫军会解决这些事。金钱、荣誉、高官厚禄的许诺，然后呢——死是最简单的办法。而党卫军对杀人真是再熟悉不过了，他们有各种方法，了解各种毁尸灭迹的手段——哦，是的，告诉你们吧，我们已经对此进行了一段时间的调查，并且一点儿一点儿掌握到真相，我们做了一些调查，得到一些文件，并最终获得了全部真相。阿道夫·希特勒的确逃到了南美，据说还举行了一场婚礼，生了个孩子。他们在孩子的脚上留下了十字标记，当时他还是个婴儿。我见到了可靠的情报人员，他们在南美亲眼见过这只带有标记的脚。这个孩子在那里被抚养长大，被呵护、培养。这就是他们培养这个狂热的年轻人的真正目的，虽然这个目的已经不像当初所设想的那样单纯。这不单单是新纳粹党的复活，德国超级种族主义的再生，而是，没错，而是混合了很多其他因素。这涉及其他国家的青年，涉及欧洲几乎每一个国家的年轻人，他们联合起来，加入无政府主义阶级，摧毁旧的世界，那个物质的世界，他们引来一大群以残害、谋杀和暴力为手段的新党派，先是屈服于这种毁灭性的破坏行为，然后屈服于他们日益强大的权威。现在他们有了自己的领袖，一个身上流着特殊血液的领袖，一个金发碧眼的北欧男孩。他更多继承了母亲的容貌，而不太像那个已经死去的父亲。一个金童。一个全世界都会接受的男孩。首先是德国人和奥地利人，因为他们伟大的传说和音乐，年轻的齐格弗里德。因此，他从小就被当做是能够统领他们、带领他们进入希望之地的年轻的齐格弗里德。不是摩西带领犹太人进入的那个希望之地，他们鄙视犹太人。犹太人都被他们用毒气室秘密杀害了。这将是属于他们自己的土地，一块通过他们自己奋斗得来的土地。他们将把欧洲各国和南美国家联合起来。他们成立了自己的先头部队、无政府主义者、预言家、格瓦拉们、卡斯特罗们、游击队、信徒，并对他们进行长期的残酷训练，要他们面对残酷、虐待、暴力和死亡，然后是光荣的生活。自由！成为新世界的统治者，注定的征服者。"

"一派胡言，"拉曾比先生说，"一旦我们制止了这种行为——他们的整个计划就都泡汤了。简直是荒唐至极。他们能怎样？"塞德里克·拉曾比言辞中充满了抱怨。

斯皮斯先生慎重地摇了摇头。

"对于你的问题，我的答案是——他们也不知道。他们不知道自己的目标是什么，也不知道该如何去实现。"

"你是说他们不是真正的领导者？"

"他们只是一群年轻的游行英雄，他们脚踏着暴力、痛苦与仇恨的基石，奔向那至高无上的荣耀。现在他们的队伍不仅活动在南美和欧洲，他们继续向北。在美国也出现了青年暴动，他们追随着齐格弗里德的大旗，到处游行。有人教给他们这些手段，教他们杀戮，教他们享受痛苦，教给他们死亡头颅的命令，希姆莱的命令。他们被训练，被秘密洗脑。他们并不知道这些训练的最终目的。但我们知道，至少我们当中的一些人知道。你们呢？你们国家有多少人知道？"

"大概有四五个吧。"派克威上校说。

"俄国人已经知道了,美国人也已经开始觉醒。他们知道年轻人在追随一个北欧传说中的青年英雄,齐格弗里德。他们知道这位年轻的齐格弗里德就是他们的领袖。这已经成为他们新的信仰,他们崇拜这个年轻人,并相信他将带领他们走向最终的胜利。他们在他身上看到了古老的北欧诸神再次复活。

"不过,当然,"斯皮斯先生的声音又降低到平时的音调,"当然,真相没有这么简单。其幕后还有更强大的操纵者。这个邪恶的组织里有一流的人才。一位顶尖的金融家,一个伟大的实业家,他控制着各种矿产、油田、铀储备,养着一群顶尖的科学家。就是这样的一群人,一个邪恶的组织,他们本身看上去可能没有什么特别,但是他们掌握着控制权。他们控制了能源,通过某些手段控制了那些为他们杀人的年轻人,用毒品让年轻人成为他们的奴隶。从软性毒品到更厉害的毒品,这些年轻人一步一步走向完全的屈从和依赖,他们甚至不知道依赖的是些什么人,这些人却暗中获取了他们的身体和灵魂。他们对某一种毒品的渴求让自己沦为奴隶,最终,由于对毒品的依赖,他们将失去被利用的价值,沦为终日做梦的傻子,最终被遗弃,走向死亡,甚至被送向死亡。他们不会继承他们所梦想的国家。他们被故意灌输了一些奇怪的宗教信仰,古老的诸神遮蔽了他们的双眼。"

"恐怕自由的性生活也起到了一定作用吧?"

"性可以将自身摧毁。在古罗马时期,那些沉迷于性爱、纵欲过度直至对性爱失去兴趣的人有时会逃开,进入沙漠,成为像修行者圣西门一样的隐士。物极必反,性亦如此。性可以一时起作用,但是并不能像毒品那样控制一个人。毒品、虐待狂以及对权力和仇恨的热衷,对痛苦的追求和享受。他们教给自己邪恶的乐趣。一旦这种邪恶的乐趣渗入人心,你就再也摆脱不了它了。"

"亲爱的总理,我实在无法相信你。我是说,呃……我是说,如果真的有这种倾向,我们必须采取更强硬的手段将其镇压下去。我的意思是,我们,真的——不能任其发展。我们必须坚定立场,坚定立场。"

"少说两句吧,乔治,"拉曾比先生拿出他的烟斗,看了看,然后又放回自己的口袋,"我觉得最好的计划,"他再次陈述了自己的想法,"就是我去一趟俄国。因为——正如我们所讨论的,俄国人掌握了这些情况。"

"他们的确知道很多内幕,"斯皮斯先生说,"问题是他们会不会承认自己知道,"他耸了耸肩膀,"那就很难讲了。俄国人一向很难对外人开诚布公。他们自己正发愁中国的边界问题呢。他们才不像我们这么担心更远的地方的局势。"

"我还是应该去一趟,真的。"

"塞德里克,如果我是你,我就会留在国内。"

阿尔塔芒勋爵疲倦地靠在椅背上,平静地说:"塞德里克,这里需要你,"他轻柔的声音中带着一种无法抗拒的威严,"你是政府的首脑,你必须留下来,我们有一些训练有素的特工——一些属于我们自己的情报人员,他们足以执行这些国外的任务。"

"特工?"乔治·派特汉姆爵士不解地问道,"这时候特工能做什么?我们必须拿到一份报告。哦,霍舍姆,你也在,我刚刚怎么没看到你呢?你说说,我们有什么特工?而他们又能做些什么呢?"

"我们的确有一些非常出色的特工,"亨利·霍舍姆慢条斯理地说,"这些特工为我们带来各种消息。斯皮斯先生不也给你带来了一些消息吗?而那些消息也都是他的特工为他弄来的。问题是——这一直是个问题——只要看看二战就知道了，没有人愿意相信这些特工带来的消息。"

"当然……情报人员——"

"没有人愿意承认特工是情报人员。但他们的确是。他们都受过严格的训练，而且他们的报告十次中有九次都是真的。结果呢？上面的人却拒绝相信这些报告，不愿意相信，并且拒绝对此采取任何行动。"

"真的，亲爱的霍舍姆，我不能——"

霍舍姆转过身看着德国人。

"总理先生，即使在贵国，也有同样的问题吧？人们带来真相，却没人愿意为此采取行动。人们不愿去相信——如果这个真相是令人不快的。"

"我不得不承认，这种事情的确可能发生，而且也曾经发生过——但不是很多，这一点我可以保证——但是，的确有，有时候……"

拉曾比先生再一次玩弄起他的烟斗。

"我们且先不要争论情报的问题。现在的问题是如何处理——如何根据我们获得的这些情报采取行动。这不仅仅是一个国家的问题，这是一个国际性危机。各国高层必须作出决定，我们必须行动起来。门罗，派军队支援各地的警察，我们得把军队调动起来。斯皮斯先生，贵国一直是个军事国家，我们必须在暴动发展到不可收拾之前用军队将其镇压下去。我相信您会同意我的政策吧——"

"政策是没有错，只是目前局势已经到了您所谓的'不可收拾'的地步，他们掌握了工具，步枪、机关枪、弹药、手榴弹、炸弹、化学及其他有害气体——"

"但我们有核武器——仅仅是核战的威胁——以及——"

"这些人可不仅仅是一群不满的学生,除了这支青年军,他们还有科学家——年轻的生物学家、化学家、物理学家。在欧洲发动,或者陷入一场核战争——"斯皮斯先生摇摇头,"实际上我们曾经试图在科隆的水源里下毒——伤寒病毒。"

"这种想法真是令人难以置信,"塞德里克·拉曾比满怀希望地看看身边的这些人,"切特温德——门罗——布伦特?"

出乎拉曾比意料的是,只有海军上将布伦特给予了回应。

"我不知道海军能帮上什么忙——这跟我们似乎没多大关系。我想给您一点儿忠告,塞德里克,如果你想为自己好,那就带着你的烟斗和足够多的烟草,尽可能躲到你想启动的核战范围以外去。去南极或者某些核辐射很难找到你的地方露营吧!艾克斯坦教授不是已经警告过我们了吗?他知道自己在说什么。"

第十八章　派克威的后话

会议到此告一段落，与会者分成明显的两派。

德国总理和英国首相、乔治·帕卡姆爵士、戈登·切特温德以及赖卡特博士前往唐宁街共进午餐。

海军上将布伦特、门罗上校、派克威上校和亨利·霍舍姆留下来，继续他们的讨论，没有重要人物在场，他们的谈话更为自由。

一上来大家的讨论就跑了题。

"谢天谢地，他们把乔治·帕卡姆带走了，"派克威上校说，"忧虑、烦躁、犹疑、猜测——有时候真让人泄气。"

"你应该跟他们一起去，上将，"门罗上校说，"我估计，戈登·切特温德和乔治·帕卡姆无法说服我们的塞德里克打消去见俄国人、中国人、埃塞俄比亚人、阿根廷人，又或者什么人的可笑念头。"

"我还有其他的事情要做，"布伦特上将生硬地说，"去乡下看一位老朋友。"他好奇地望着派克威上校。

"派克威，希特勒的事真的让你很吃惊？"

派克威上校摇了摇头。

"倒也没有。我们听说过这种传闻，说我们的阿道夫现身南美，并且在那里活动了几年。真真假假，没人能说得清。不管这个家伙是谁,疯子、冒牌货还是真有其人,他很快就消失了。还有一些不好的传言——但对于他的支持者们来说,他已经毫无用处了。"

"地堡里的尸体到底是谁?这仍然是人们热议的话题,"布伦特说,"从来没有人给出过确切的答案。俄国人的做法更是故意为之。"

他站起身,向其他人点点头,然后朝门口走去。

门罗若有所思地说道:"我觉得赖卡特博士知道真相——虽然他说话很小心。"

"那总理呢?"霍舍姆问道。

"一个头脑清醒的人,"布伦特上将在门口处转过头低声说道,"他想用自己的方式来管理这个国家,只可惜,被这群肆意妄为的年轻人搅了局!"他目光狡猾地望着门罗上校。

"那个金发男孩的传奇是怎么回事?希特勒的儿子?你们了解他吗?"

"不用担心。"派克威上校突然插嘴道。

布伦特上将把手从门把上收回来,走回来坐下。

"一派胡言,"派克威上校说,"希特勒从没有过儿子。"

"也不能如此断言吧?"

"我们确定——弗朗兹·约瑟夫,那位年轻的齐格弗里德,被偶像化的领袖,只是一个骗子、一个冒牌货罢了。他的父亲是一个阿根廷木匠,母亲是德国一个名不见经传的歌剧演员,他从母亲那里继承了容貌和一副好嗓子。他被精心挑选出来扮演这个角色,成为众星捧月般的人物。他从小就是一个专业演员——人们在他的脚上做了十字记号——并为他编织了一个浪漫的故事。他就像一个达赖喇嘛一样受到人们的呵护。"

"你有证据?"

"全套的文件证明,"派克威上校笑了笑,"是我手下一个最出色的特工弄到的。宣誓书、照片副本、亲笔签署的声明,包括他母亲那份,还有伤疤日期的医生证明,卡尔·阿基里斯出生证明的复印件,以及他成为弗朗兹·约瑟夫的证明文件。一整套鬼把戏,我的特工及时把这些文件弄到了手。他们跟踪了她——差一点儿抓住她,还好她在法兰克福比较走运。"

"那这些文件现在在哪儿?"

"在一个安全的地方。等待时机来揭穿这个一流骗子的鬼把戏——"

"政府知道这件事?首相知道了?"

"我从不会向政客透露一切——除非是万不得已,或者是我确定他们会采取正确的措施。"

"你真是一个老谋深算的魔鬼,派克威。"门罗上校说。

"总要有人来做吧。"派克威上校悲哀地说。

第十九章　斯塔福德·奈伊爵士的客人

斯塔福德·奈伊爵士正在招待他的客人。这些人他之前都没有见过，但有一位除外，他很熟悉这张面孔。这是一群英俊的小伙子，庄重而精干，至少是表面上看来如此。他们的发型时髦而精致，衣着做工精致而又不老套。看着他们，斯塔福德·奈伊无法否认自己也喜欢他们的样子。同时，他很想知道他们来访的目的。他认识的那位是一个石油大亨的儿子。来者中还有一位是大学毕业后就投身政界的青年，他有个叔叔是一家连锁餐厅的老板。第三个年轻人长了一双浓密的眉毛，总是紧皱眉头，似乎不断的怀疑就是他的第二大天性。

"谢谢你的接待，斯塔福德爵士。"说话的似乎是几个金发青年中带头的。

他的声音十分悦耳。他的名字叫克利福德·本特。

"这位是罗德里克·凯特利，这位是吉姆·布鲁斯特。我们对未来充满了疑虑。可以这样说吗？"

"我想这个问题的答案是，我们不都是这样吗？"斯塔福德·奈伊爵士说。

"我们不喜欢这些人的做法，"克利福德·本特说，"叛乱、无政府主义，所有这一切。当然，从哲学的角度来看，这没什么不对。坦白地讲，我们都经历过这样的阶段，但我们最终到达了彼岸。我们希望人们可以继续学业而不被打扰，我们想要示威的自由，但不是充满暴力和流氓行为的示威活动。我们要的是一种理智的示威。还有，坦白地讲，至少我是这么想的，我们想要的是一个新的政党。吉姆·布鲁斯特对那些关于贸易联盟的新想法和计划做了很多研究。有人试图威胁他、恐吓他，但他仍在宣传自己的想法，对吧，吉姆？"

"一群老糊涂。"吉姆·布鲁斯特说。

"我们希望政府能够为年轻人拿出一套理性而认真的政策，一套更有效的管理方法。我们希望学习不同的思想，而不是那些虚无缥缈的东西。而且，如果我们能赢得席位，并且最终组建一个政府——我觉得这没什么不可能——就能够实现这些理想。我们的运动已经召集了很多人。我们代表年轻人，就像那些暴力组织一样。我们代表着现代化，而且想要一个理性的政府，减少国会议员的数量。目前，我们正在调查，在政界物色合适的人选，只要我们觉得他是一个通情达理的人，持什么样的政治倾向并不重要。我们此次前来的目的就是看看你对我们的理想是否感兴趣。目前，这些理想还不成熟，但是我们已经开始接触我们需要的人才。我可以说，我们不想要现在这些人，也不想要那些可能会替换他们的人。而第三方似乎已经失去了生命力，尽管还有一两个好人在那里忍受着作为小党派的煎熬，但是我认为他们会跟我们走到一起。我们希望能够把你争取过来。希望就在不久的未来，有一个理解我们想法的人，为我们制定一个合适而成功的外交政策。其他国家的情况更糟。华盛顿已经被夷为平地，欧洲不断爆发军事行动、示威游行，飞机场遭到破坏。当然，我没必要为你讲述这半年来的局势，我们的目的与其说是拯救世界，还不如说是拯救英国。我们要有合适的人去做这件事。这就需要年轻人，许多许多年轻人，眼下有很多不革命、也绝不属于无政府主义者的年轻人，他们愿意去尝试，让我们的国家有效地运转起来。我们也需要一些年长的人——我指的并不是六十多岁的人，而是四五十岁的人——而我们来找你，就是因为我们对你有所耳闻，了解你的情况。你正是我们所需要的人。"

"你觉得你们这样做很明智吗？"斯塔福德爵士说。

"当然，我们，认为这是明智的。"

第二个年轻人轻声笑起来。

"我们希望你会同意我们的看法。"

"我可不敢确定。你们在这里说的这些话有点儿过于自由了。"

"这是你的客厅。"

"是的，没错，这是我家，这里是我的客厅。但是你们所说的，实际上可能将要说的话，也许是不太明智的。这意味着对于你们是如此，对于我也是如此。"

"哦，我想我明白你的意思了。"

"你们在向我承诺一些东西，一种新的生活，一个新的事业，而且期望我去隔断某些联系。你们这是在让我背叛我的国家。"

"我们并没有要你跟其他国家通敌，如果这是你的意思的话。"

"不，不，这不是让我去跟俄国、中国或者其他什么曾经提及的地方串通一气，但是我认为这跟某些其他的利益是相关的。"他继续说道，"我刚刚从国外回来，这是一次非常有趣的旅行。我在南美待了三个星期。我想告诉你们的是，我发现自己回到英国之后就被人跟踪了。"

"跟踪？那不会是你自己的想象吧？"

"不是，我不认为那是我想象出来的。我的工作使我对这种事特别敏感。我一直待在世界上一个相当遥远而且——怎么说呢——有意思的地方。你们选上我，并且向我提出这些建议。如果是在其他地方，这样做可能更安全。"

他站起来，打开浴室的门，拧开水龙头。

"这是从多年前的电影里学的，"他说，"如果你不想在一间被监听的房间里让别人听到你的谈话，就打开水龙头。这确实有点儿老套，现在应该有更好的办法了。但不管怎么说，现在我们也许可以说得更清楚些了，尽管我还是觉得应该小心点儿。南美，"他继续说下去，"是一个非常有趣的地方。南美国家联盟——过去曾叫西班牙黄金，现在包括古巴、阿根廷、巴西、秘鲁，以及一两个处于动荡中、即将成立的国家。是的，非常有意思。"

"你这话是什么意思？"一脸怀疑的吉姆·布鲁斯特问，"你想说什么？"

"我还是得小心点儿，"斯塔福德爵士说，"如果我谨慎些，你们会更信得过我。不过我觉得关掉水龙头会好些。"

"吉姆，去关掉水龙头。"克利夫·本特说。

吉姆突然迸出一声奸笑，然后照着吩咐做了。

斯塔福德·奈伊打开桌上的一个抽屉，拿出一支笛子。

"练得还不太好。"他说。

他把笛子放到嘴边，吹起来。吉姆·布鲁斯特皱着眉头回到客厅。

"搞什么？开音乐会吗？"

"闭嘴，"克利夫·本特说，"你这个蠢货，你懂什么。"

斯塔福德·奈伊微微一笑。

"我看出来了，你跟我一样，很喜欢瓦格纳的音乐，"他说，

"我今年去了青年音乐节,很喜欢那里的音乐会。"

他再次吹响那支曲子。

"我又不是什么曲子都知道,"吉姆·布鲁斯特说,"可能是《国际歌》,或者《红旗歌》,或者《天佑吾王》,或者扬基歌,或者是星条旗歌,到底是什么鬼玩意儿?"

"这是一出歌剧的主题曲,"凯特利说,"闭上你的嘴,我们已经知道了想要知道的一切。"

"这是一位年轻英雄的召唤。"斯塔福德·奈伊说。

他举起手,迅速做了一个手势,这手势的原意是"希特勒万岁"。他用极轻的声音说道:

"新的齐格弗里德。"

三个人同时站了起来。

"你说得很对,"克利福德·本特说,"我们所有人都应该非常小心才是。"

他们握了手。

"很高兴知道你将与我们站在一起。将来——我希望这是一个美好的将来——我们的国家正需要一位伟大的外交部长。"

他们走出房间。斯塔福德·奈伊透过虚掩的门缝看着他们走进电梯,下了楼。

他发出一声奇怪的笑声,关上门,抬头瞥了一眼墙上的挂钟,然后在安乐椅上坐下来——等待着……

他的思绪又回到一个星期以前的那一天,当天也是这个时候,他和玛丽·安在肯尼迪机场分道扬镳。他们站在那儿,谁都不知道该说些什么。最终还是斯塔福德·奈伊首先打破了沉默。

"你觉得我们还会再见面吗?我不知道……"

"有什么理由不会再见吗?"

"要我说有很多理由。"

她看了他一眼,然后又很快转开了视线。

"天下无不散的宴席,这是——工作的一部分。"

"工作!你就只知道工作,是不是?"

"我别无选择。"

"你是这一行的专家,我只是业余的。你是——"他突然停下来,"你是干什么的?你是谁?我真的不知道,我知道吗?"

"不知道。"

他看着她,他觉得自己在那张脸上看到了悲伤,一种近乎痛苦的悲伤。

"所以,我不得不——怀疑……你觉得我应该相信你,对吗?"

"不,不是这样的。这么多年我学到的一件事,生活教给我的一件事就是,不要完全相信任何人。记住——永远记住。"

"这就是你的世界?一个充满了猜疑、恐惧和危险的世界。"

"我想活着,而且我还活着。"

"我知道。"

"而且我希望你也能活着。"

"在法兰克福,我相信了你……"

"你冒了一次险。"

"但是值得,你和我同样清楚这一点。"

"你是说因为——"

"我们因此而走到一起。而现在我的航班马上就要起飞了。难道我们的关系在一个机场开始,也要在另一个机场结束?你要到哪里去?去做什么?"

"去做我必须做的事,去巴尔的摩、华盛顿、得克萨斯,去完成我的任务。"

"那我呢？我没有任务了。我这就回伦敦，然后做什么呢？"

"等。"

"等什么？"

"等你的下一个任务。"

"到时候我该怎么办？"

她突然露出一个快乐的微笑，这是他多么熟悉的微笑啊。

"到时候你就要细心去聆听了，你会知道怎么做的，没有比这更好的了。你会喜欢来找你的人，他们将是精心挑选出来的。我们应该知道他们是谁，这很重要，非常重要。"

"我得走了，再见，玛丽·安。"

"再见①。"

在伦敦的公寓里，电话铃响了。时间刚刚好，斯塔福德·奈伊心想，他的回忆刚好停留在他们互道再见的时候。"再见②，"他低声念道，同时站起身，向电话走去，"顺其自然吧！"

话筒里传来一个沙哑的声音，一个不会被认错的声音。

"斯塔福德·奈伊？"

他应声答道："无火不生烟。"

"医生说我得戒烟了，可怜的家伙，"派克威上校说，"他可能也没抱什么希望。有消息吗？"

"哦，有。三十枚银币，已经承诺了。"

"卑鄙小人！"

"是的，没错，冷静。"

"那你怎么说？"

---

① 此处原文为德语。
② 此处原文为德语。

"我给他们吹了一段曲子,齐格弗里德的号角主旋律。这是我老姑婆的主意,效果棒极了。"

"真是不可思议!"

"你听说过《胡安妮塔》这首歌吗?我也得学学,没准儿就能派上用场。"

"你知道胡安妮塔是谁吗?"

"我想是的。"

"嗯,我怀疑——上次在巴尔的摩的时候听说过。"

"你那位希腊女朋友呢?达夫妮·希尔朵凡纳斯,她现在在哪儿?"

"也许正坐在欧洲的某个机场里等你呢。"派克威上校说。

"欧洲大部分机场好像都关闭了,不是被炸毁,就是受到了不同程度的破坏。劫机、劫人、劫色。"

男孩女孩出来玩,明月高照如日圆,
不吃不喝不睡觉,把你的伙伴都射倒。

"流行一时的儿童十字军。"

"这我倒不太清楚,我只知道狮心王赖卡特的十字军。不过,从某个角度而言,这的确很像儿童十字军。人们怀揣着美好的理想,去解放异教徒统治下的圣城,而结果只有死亡,死亡,还是死亡。几乎所有的儿童都死了,或者被贩卖为奴。眼下他们将落入同样的结局,除非我们能找到拯救他们的办法……"

第二十章　上将探访老友

"还以为人都死光了呢。"布伦特上将气鼓鼓地说。

他原本以为来开门的会是普通的管家,结果却是那个他永远也记不住姓什么的年轻姑娘,她的教名叫艾米。

"我上个星期打了至少四通电话,他们说你们出国了?"

"我们是出国了,刚回来。"

"玛蒂尔达不该出去乱跑,都这么大年纪了。她可能会在这些现代化的飞机上死于高血压或者心脏病什么的。这些飞机被阿拉伯人、以色列人或者其他什么人装上炸弹,飞来飞去的,根本没有以前那么安全了。"

"医生也建议她出去走走。"

"算了吧,我们还不了解医生吗?"

"而且她回来后精神真的很好。"

"她到底去哪儿了?"

"哦,去做了一次疗养。在德国或是——我总是分不清德国和奥地利——那里有一处新的疗养院,金色盖索斯。"

"哦,是的,我知道你说的那个地方了。贵得要死,不是吗?"

"是的,不过据说效果很好。"

"也许只不过是一种让你死得更快的办法,"布伦特上将说,"你喜欢那儿吗?"

"这个嘛,也不是很喜欢。风景的确很美,但是——"

这时,一声厉喝从楼上传下来。

"艾米,艾米!你干什么呢?在门厅里说个没完。还不快请布伦特上将上楼来,我正等他呢。"

"你就到处乱跑吧!"布伦特上将问候过老朋友之后说,"总有一天你会丢了小命的。记住我的话——"

"才不会!现代旅行一点儿都不麻烦。"

"在那些机场、通道、楼梯、巴士上跑上跑下的还不麻烦?"

"不用,我坐轮椅。"

"我记得一两年前我见到你时,你还连听都不愿意听到这个词。你说自尊心不允许你承认需要它。"

"哦,菲利普,我得承认这几年我得放下一些自尊了。来,坐这儿,告诉我你怎么突然想起来看我了。去年一整年你都把我给忘了。"

"这个,我自己的身体也不太好,而且,我还管了一些事,你知道那些事。人家让你出主意,却根本没打算采纳你的意见。他们不能把海军丢在一边不管,但又总是想打它的主意,这群该死的东西。"

"你看上去不错呀!"玛蒂尔达夫人说。

"亲爱的,你看上去也不赖。眼睛炯炯有神。"

"听力不如你上次见到我的时候了,你得说话大声点儿才行。"

"好吧,我大点儿声。"

"喝点儿什么?杜松子酒,威士忌,还是朗姆酒?"

"你好像已经准备清空所有烈性酒了。如果对你都一样的话,就来点儿杜松子酒好了。"

艾米起身离开房间。

"等她把酒拿来,"上将说,"再把她支开,好吗?我有些事要跟你说,我是说只跟你一个人说。"

酒水端来后,玛蒂尔达夫人做了一个要她退下的手势,艾米愉快地退出了房间。真是个聪明的姑娘。

"好姑娘,"上将说道,"真不错。"

"这就是你让我把她支开的原因?为了在她背后说她两句好话?"

"不,我是来咨询你一个问题。"

"关于什么?身体不适?找不到好仆人?还是不知道花园中要种什么?"

"这是一件非常严肃的事情。我想你也许还记得一些对我有帮助的资料。"

"亲爱的菲利普,你能这样想我真是太感动了。我的记性是一年不如一年了。我的结论是,人老了以后就只记得他们年轻时的朋友了。即使是学生时代一个令人讨厌的女同学,想忘都忘不了。实际上,我现在就是这样。"

"你又去哪儿了?回学校了?"

"不,不,不,我只是去见了一个从前上学时的老朋友,我们已经有三十年——四十年——五十年那么久没有见面了。"

"她现在怎么样了?"

"胖得不行,比我记忆中的更难看、更可怕。"

"我得说,你的口味实在很怪,玛蒂尔达。"

"好啦,说吧,什么事?你想让我帮你想什么事?"

"我想知道你是否还记得你的另一位朋友。罗伯特·绍尔汉姆。"

"罗比·绍尔汉姆?当然记得。"

"那个搞科学研究的,首屈一指的科学家。"

"当然,他是不容易让人忘记的那个类型。你怎么会想到他?"

"国家需要。"

"你这么说真有意思,"玛蒂尔达夫人说,"前几天我也有过这种想法。"

"你也有这种想法?"

"是啊,我们需要他。或者说像他这种人——如果有的话。"

"没有。听着,玛蒂尔达。人们跟你聊天的时候会告诉你一些事,就像我这样。"

"我一直在想这是为什么,因为你们不相信我能理解这些事,并且把它们叙述出来吧。罗比的那些事更是不可能。"

"我可从来没把海军机密告诉过你。"

"他也没告诉我科学机密啊!我是说,我们谈的都是很笼统的事情。"

"是的,但是他曾经跟你说起过这些事,对吗?"

"好吧,有时候他喜欢说一些让我意想不到的事情。"

"好,我们这就要说到主题了。我想知道的是,在他还能正常说话的时候,可怜的家伙,他是否曾经向你提起过什么B计划?"

"B计划。"玛蒂尔达·克莱克海顿认真地思索起来,"听起来好像是有点儿耳熟,"她说,"他有时候倒是会说起某某计划,或者某某手术。但是,你要知道,它们对我而言毫无意义,我什么也不懂,而他也明白这一点。不过他喜欢——哦,怎么说呢——看到我吃惊的样子。他跟我讲这些事的时候,就像魔术师讲述如何从帽子里变出来三只兔子。B计划?是的,这是很久以前的事了……他当时真有点儿兴奋过了头。我有时会问他'你的

B计划进行得怎么样啦？'"

"我知道，我知道，你一向是个体贴的女人。你总能记得人们在做什么，或者对什么比较感兴趣。即使你根本不懂，也会表现得兴致盎然。有一次，我向你介绍了一种新型海军枪炮，我猜你一定听得烦死了，可依然听得那么认真，就好像这是你等了大半辈子一直想知道的事似的。"

"就像你说的，我很体贴，是个善于聆听的听众，尽管我的脑子从来都不很灵光。"

"好吧，我想知道关于B计划，罗比还说了什么。"

"他说——唉，现在还真想不太起来了。在这之前，他一直在谈论某个他们对人类的大脑做的手术。哦，就是那些患有严重抑郁症的人，那些满脑子都是自杀念头的人，还有那些由于极度焦虑和神经衰弱而患有焦虑综合征的病人，那些人们会跟弗洛伊德联系起来的事。而且他说这种手术的副作用是无法估量的。我的意思是，这些病人手术后变得快乐、温和而驯良，他们不再忧郁，不再有自杀的想法，但是他们——呃，我的意思是，他们丧失了对一切事物的恐惧，于是，有些人被车轧死，诸如此类的事情，因为他们不知道危险为何物，也不会注意到临近的危险。我说得不好，不过你肯定明白我的意思。反正，他说，他觉得这个B计划将来会惹出麻烦。"

"你记得他有没有说得更详细一些？"

"他说是我给了他灵感。"玛蒂尔达·克莱克海顿突然说道。

"什么？你说像罗比这样一个顶尖的科学家跟你说，是你启发了他那颗充满了科学知识的大脑？你对科学可是一窍不通啊！"

"我的确不懂。但是我曾经试着教给别人一点儿常识。你要知道，越是聪明的人往往越缺少常识。我是说，真的，真正重要的是那些想出在邮票纸上打孔这类简单举措的人，或者像美国那个亚当——哦不——是麦克亚当，他想到在泥巴路上铺柏油，让农民能够将他们的农作物更快地运到海边，从而赚取更高的利润。在我看来，这些人比那些手握大权的科学家有用多了。科学家只研究那些毁灭人类的东西。喏，我对罗比就是这样说的。当然就像开玩笑似的，心平气和地说的。他告诉我，有些科学家研制出来一些非比寻常的细菌武器和生物实验，还告诉我这些成果对未出生的婴儿能够产生什么样的作用。还有一些特别恶毒的气体。他还说，那些抵抗核弹的人们真是太傻了，因为这跟后来发明的武器比起来，真可以算是仁慈的了。于是我说，如果罗比，或者像他这样聪明的科学家，能够研究一些对人类有益的东西就好了。然后他看着我，两只眼睛迸发出昔日的光芒，说道，'那你觉得什么才是有益的东西？'我说：'除了发明可怕的细菌武器和令人作呕的气体，你们为什么就不能发明一些能让人快乐的东西？'这应该不会更难吧。我说：'我记得你曾经跟我说过一种手术，在病人的大脑前面还是后面切下一点儿东西。不管怎么样吧，就能改变他们的脾气，就会变得跟以前大不一样。他们就不再忧郁，不再想自杀。但是，'我说，'如果你们只要拿出人体内的一点儿骨头、肌肉、神经或是减去或增加一个腺体，就能改变一个人，'我说，'如果你们能够彻底改变一个人的性情，那为什么就不能发明出一种东西让人变得愉快，或者哪怕是能睡个好觉也好？假如你有某个，不是安眠药，而是某种让人坐下来就能做个好梦的东西。睡上一天一宿，不时醒来吃点儿东西。'我说这将是一个好得多的主意。"

"这就是 B 计划？"

"这个嘛，他从来没跟我说过具体是什么。但他因为一个想法变得格外激动,而且说是我给了他灵感,所以一定是个令人愉快的想法,不是吗?我的意思是,我没有让他去发明那些恶毒的杀人武器,而我甚至,怎么说呢,不想让人哭,就像催泪弹什么的。笑也许可以——是的,我想我当时提到了笑气。我说,你去拔牙,医生让你吸三口笑气,你就笑了。对呀,对呀,你可以发明一种这样的东西,不过效果最好能持续得更久一些。因为我知道笑气的效果大约只能持续五十秒,对吗?有一次我哥哥去拔牙,他躺的椅子离窗子很近,他笑得特别厉害,在毫无意识的情况下一伸腿,把窗子上的玻璃都踢破了,掉到了大街上。这可把医生气坏了。"

"你总是有些奇怪的想法,"上将说,"总之,这就是罗比·绍尔汉姆决定去研究的项目,而且是你给他出的主意。"

"其实我也不知道具体是什么。我是说,我觉得那不是安眠药或者笑气。但的确是某种东西。好像不是什么 B 计划,而是另一个名字。"

"什么样的名字?"

"呃,他提起过一次,或者两次。他给它起的名字。很像本格尔氏食物什么的。"玛蒂尔达姑婆说,她努力回想着。

"一种助消化的药?"

"好像跟消化没什么关系。好像是某种用鼻子吸进去的什么东西,也许是某种腺体。我们当时谈了很多,但我都不知道他在说什么。本格尔氏食物,本,本,本什么,而且听上去是个让人很舒服的名字。"

"你就能记起这些?"

"我想是的。关于这个话题,我们断断续续谈了很长时间,他说是我为他的本什么计划带来了灵感。后来,我有时想起来就问问他本计划进行得怎么样了,后来有段时间我一提起这件事他就很恼火,说遇上了一些障碍,进行得很不顺利,还说要暂时搁置起来,因为它——呃——后面的八个字是很专业的术语,我想不起来了,如果我告诉你,你都不一定明白。可是,到了最后——天哪,这都是八九年前的事了——有一天,他来找我,对我说:'你还记得本计划吗?'我说:'记得呀!你还在研究吗?'他说没有了,他决定把它彻底束之高阁。我说这真是太可惜了,你就这么放弃,真是太可惜了。他说:'放弃这个研究项目,并不仅仅是因为我们无法达到预期的目标,我已经知道这是可以实现的,也知道我的问题出在哪里,障碍是什么,并且知道如何解决这个问题。是的,这是可以实现的。我们需要在一些东西上再做些实验,但这的确是行得通的。''那你还担心什么呢?'我说。然后他说:'因为我不知道这东西对人类会有什么影响。'我说你是不是担心它会夺去人们的生命,或者使他们终身残疾?'不,'他说,'不是这样的。'他说这是一个——哦!我终于想起来了,他把它称为本沃①计划,是的,因为它与'慈善'这个词有关系。"

"慈善!"上将重复道,露出异常惊讶的表情,"慈善?你指的是慈善事业?"

"不,不,不是的。我想他的意思仅仅是这能让人们变得有一颗善心。"

"使人与人之间和平相处、互敬互爱?"

"他倒也没这么说。"

"不,这应该是宗教领袖们说的话。他们向人们宣扬这些善

---

①原文为 Benvo,是由 Benevolence,"慈善"一词而来的名字。

行,并且告诉你,如果你照他们的话做了,世界就会变得更加美好。但我觉得罗比不是在布道。他只是想在实验室里通过纯粹的物理手段达到这个目的。"

"大概就是这样。他还说,我们永远都不知道某些东西什么时候是对人有益的,什么时候又是有害的。我们无法确定它们是这样的而不是那样的。然后他提到了——呃——青霉素、磺胺类药物、心脏移植以及诸如为女性研制的药物等等,尽管我们当时还没有研制出那种药①。但是,你知道,这些看上去很好、很有效的药物或者气体什么的,也会产生不好的影响,这时我们就希望它们从来没有出现过,从来没有被研制出来过。是的,这就是他想告诉我的。这的确有点儿令人难以理解。我说:'这么说,你是不想冒这个风险?'他说:'正是如此。我不想冒这个险。问题是我甚至不知道这个风险是什么。这就是我们这些可怜的科学家时常要面对的问题。我们所发明的东西本来是不存在这些风险的,但是得到这些新发明的人们会拿它们做一些事。'我说:'你又在说核武器和原子弹了。'而他说:'让核武器和原子弹见鬼去吧!比起我们现在研究的东西,这都不算什么了。'

"'但是如果你只想让人们变得友好而和善,'我说,'还有什么好担心的呢?'然后他说:'你不明白,玛蒂尔达。你永远都不会明白,而跟我一起工作的科学家们也不可能明白。政客们更是永远都不会明白。所以,你看,这个风险太大了。不管怎么说,我们都得仔细考虑清楚。'

"'可是,'我说,'你也可以让他们恢复正常,就像笑气那样,对吗?我是说,你可以让人们在短时间内变得善良起来,之

---

①意指女性避孕药。

后他们就又恢复到正常状态——或者说不正常的状态——这就取决于你是怎么看的了。'然后他说：'不行，这种变化将是永久性的。因为它影响到——'他又说了一个专业术语，就是一大串字和数字、公式，或者是分子变化，诸如此类的东西。我觉得那一定是用来治疗痴呆的。比如说，让他们不再痴呆，比如给他们注射一些从甲状腺里提取出来的试剂，或是从他们的甲状腺里抽些东西出来。我忘了是哪一种了。类似这样的做法。我想人体的某个地方有某种特别的小腺体，如果把它取掉、烧掉或者通过某种手段对其施加影响，人们就会变得永远——"

"永远慈善？你确定是这个词？慈善？"

"是的，所以他才把它叫做本沃。"

"可是，我想知道，对于他的临阵脱逃，他的同事是怎么想的？"

"好像没有几个人知道这件事。丽莎，我忘记她姓什么了，那个奥地利女孩，她一直跟他一起研究这个计划。还有一个叫利登索或者类似于这个名字的年轻人，但是他后来患肺结核死了。据他所说，跟他一起工作的其他人只是他的助手，并不清楚他在做什么或者他的目的是什么。我知道你在想什么了，"玛蒂尔达突然说道，"我不认为他曾经跟别人提起过这个计划。我的意思是，我觉得他已经销毁了所有公式、笔记什么的，然后彻底放弃了这个念头。之后，他就中风了，生了病，现在，可怜的人，他连话都说不清楚了。他的半边身子都瘫痪了，但还能听得见。平时就听听音乐，这就是他现在的全部生活了。"

"你是说他不再工作了？"

"他连朋友都不见了。我想见面也只有痛苦吧，他总是找些借口避免跟大家见面。"

"但他还活着,"布伦特上将说,"他还活着。你有他的住址吗?"

"我的通讯簿里有。他还住在原来的地方,在苏格兰北部的什么地方。唉,他以前多好啊!可现在完全不同了,像个死人似的。"

"不要放弃希望,"布伦特上将说,"我们要有信心。"随后,他又补充道,"信念。"

"我想还应该有一颗慈善的心。"玛蒂尔达夫人说。

第二十一章　本沃计划

约翰·戈特利布教授坐在椅子里，目不转睛地盯着坐在他对面的这个俊俏的年轻女人。出于习惯，他像猴子似的搔搔耳朵，而他长得也很像猴子。他身材瘦小，突出的脑门和同样突出的下巴遥相呼应。

"这可不太常见，"戈特利布教授说，"居然有一位年轻女士为我带来美国总统的信。不过——"他乐呵呵地说，"总统们并不总是清楚自己在做什么。这到底是怎么回事？我猜你是受了最高当局的委托吧。"

"我这次前来的目的是想了解你对本沃计划知道些什么，或者有什么能告诉我的。"

"你真的是丽娜塔·柴科斯基女伯爵？"

"理论上讲没错。不过，大多数时候，人们叫我玛丽·安。"

"是呀，他们在另一封信里也是用的这个名字。你想知道本沃计划。嗯，的确有过这个计划。不过早就结束了，被销毁了。还有那个提出这个想法的人，我想也差不多入土了吧。"

"你是指绍尔汉姆教授？"

"没错，罗伯特·绍尔汉姆。我们那个时代最伟大的几个天才之一。爱因斯坦、尼尔斯·波尔等等。不过罗伯特·绍尔汉姆活得不长，这真是科学界的一大损失——就像莎士比亚形容麦克白夫人时所说的：'她该是死了吧。'"

"他没死。"玛丽·安说。

"哦，真的吗？我已经很久没有听到他的消息了。"

"他现在成了一个废人，住在苏格兰北部。他瘫痪了，说话不清楚，也走不了路，大部分时间只能坐着听听音乐。"

"嗯，我能想象得到。这样也不错。如果他还能听听音乐，也不会太无聊。否则，对于一个曾经辉煌过的人来说，这还真是生不如死呢！"

"你们曾经做过一个本沃计划？"

"是的，他当时对这个计划非常热心。"

"他跟你说过这件事？"

"一开始，他和我们几个人都谈起过。我猜，你并不是一个科学家吧？"

"不，我是——"

"我猜你是一名特工。我希望你是站在正义一方的。现在我们仍然不得不期待奇迹的发生，但我并不认为本沃计划会对你有什么用。"

"怎么没用？你不是说他一直致力于这项研究吗？这可能是一项非常伟大的发明，难道不是吗？或者是一项发现，不管你们怎么叫它。"

"是的，那也许会是我们这个时代最伟大的发现之一。我不知道这中间出了什么问题。这种事情以前也发生过。有些研究一开始进行得都很顺利，可是到最后就突然卡壳，进行不下去了，并不像你想象的那样。于是你只好放弃，或者像绍尔汉姆那样做。"

"他做了什么？"

"他把全部数据都毁掉了,一个字都没有留下。他是这样告诉我的。他说他烧了所有公式,所有与其相关的文件和数据。三个星期后,他就中风了。很抱歉,你也看到了,我帮不了你。我只知道大概的情况,但是细节就不清楚了。我现在唯一记得的一件事,就是'本沃'代表着'慈善'。"

第二十二章　胡安妮塔

阿尔塔芒勋爵正在口述。

那原先响亮而威严的声音现在变得轻柔起来，但仍然让人感到一种意想不到的吸引力。这声音仿佛从过去的阴影中悠悠而来，在某种程度上却比威严的声音更能触动人们的心灵。

詹姆斯·克利克一字一句地记下他的话，不时停下来，等着他斟酌字句。

"理想主义，"阿尔塔芒勋爵说，"会因此而出现，特别是当自然的敌对造成不公的时候，这是人类对极端唯物主义的一种天然革命。而年轻人天生的理想主义，在消灭不公和极端唯物主义的愿望的促使下日益强烈。这种摧毁邪恶势力的愿望有时候会导致年轻人热衷于破坏本身，使他们将快乐建立在暴力和别人的痛苦之上。而一些天生具有领导能力的人可以助长这一切。原始的理想主义萌发于青年时代，这可以、也应该发展为一种对新世界的向往。同样的，这也应该发展为对全人类的博爱和友善。但是一旦这些年轻人尝到了暴力的乐趣，他们就永远不会长大了。他们将被禁锢在这个不成熟的阶段，持续终生。"

这时，电话响了。在阿尔塔芒勋爵的示意下，詹姆斯·克利克拿起听筒，放到耳边。

"鲁滨孙先生来了。"

"哦,好,请他进来吧。我们稍后再继续。"

詹姆斯·克利克站起身,将他的笔记本和铅笔放到一边。

鲁滨孙先生走进来。詹姆斯·克利克为他挪过一把宽大的坐椅,使他能够舒舒服服地坐进去。鲁滨孙先生微笑着表示感谢,然后把椅子挪到阿尔塔芒勋爵身边坐下。

"怎么,"阿尔塔芒勋爵说,"有什么新闻吗?图表?圆圈?泡泡?"

他仿佛在为自己的幽默感到得意。

"并不尽然,"鲁滨孙先生打断了他的话,"这次更像一条河流——"

"河流?"阿尔塔芒勋爵说,"什么样的河流?"

"一条金钱的河流。"鲁滨孙先生说。他说这话时流露出些微的歉意,而这是他过去谈及自己的老本行时从来不曾有过的。"这些钱,真的就像一条河流,从一个地方流到另一个地方,的确很有意思——如果你对此感兴趣的话——这里面是有奥秘的,你明白吗?"

詹姆斯·克利克看上去并不明白其中的奥秘,但是阿尔塔芒勋爵说:"我明白,继续。"

"这些钱从北欧、从巴伐利亚、从美国、从东南亚流出,途中又得到少许增援——"

"然后流到——哪里?"

"大部分流入南美洲,充实了如今已经巩固了的青年军总部——"

"而这代表了互相交织的五个圆圈中的四个——武器、毒品、科学和化学武器以及金融,正如你向我们展示的,对吗?"

"是的,我们现在已经准确地知道了是谁在控制这些不同的组织——"

"那胡安妮塔的那个 J 圈呢?"詹姆斯·克利克问道。

"目前还不确定。"

"詹姆斯对这件事有一些想法,"阿尔塔芒勋爵说,"我希望他的猜测是错的——是的,但愿不是这样。这个大写字母 J 很奇怪。它代表的是什么——公正[①]?审判[②]?"

"一个精心布置的杀手,"詹姆斯·克利克说,"在所有生物当中,雌性往往比雄性更危险。"

"历史上有这样的例子可循。"阿尔塔芒勋爵赞成地说。

"杰尔用招待贵胄的美食款待西西拉,后来却将铁钉敲入他的头颅。朱迪丝杀死了荷罗孚尼,并且得到了家乡人民的称赞。是的,历史上有这样的例子。"

"这么说,你知道胡安妮塔是谁了,是吗?"鲁滨孙先生说,"这倒是挺有意思的。"

"不过,先生,我的猜测也许是错的。但是很多事情使我不得不这样想——"

"是的,"鲁滨孙先生说,"我们不得不想,不是吗?还是说说你认为她是谁吧,詹姆斯。"

"丽娜塔·柴科斯基女伯爵。"

"你为什么会选中她?"

"因为她去过的那些地方,接触的那些人。有太多巧合了。她去过巴伐利亚,在那里见了老夏洛特。而且,她还带了斯塔福德·奈伊同行。我觉得这太明显了——"

"你认为他们俩是同谋?"阿尔塔芒问。

[①] 英文为 Justice。
[②] 英文为 Judgement。

"我也不想这么说。我对他不太了解,不过……"他欲言又止。

"是的,"阿尔塔芒勋爵说,"他身上确实有不少疑点,从一开始我们就怀疑过他。"

"亨利·霍舍姆怀疑过他?"

"他也许是其中一个。派克威上校也有可能,不过我不敢确定。我们一直在监视他的活动。他可能也知道,他可不傻。"

"又一个,"詹姆斯·克利克恶狠狠地说,"真是太不可思议了,我们那么看好他们,那样信任他们,把我们的秘密告诉他们,让他们知道我们的事,还不停地说:'如果说有什么人是我们真正信任的话,他就是——哦,麦克林,或者伯吉斯,或者菲尔比,或者类似的什么人。'可是现在——斯塔福德·奈伊。"

"斯塔福德·奈伊,被丽娜塔或者胡安妮塔洗了脑。"鲁滨孙先生说。

"法兰克福机场发生的那档事就很蹊跷,"克利克说,"还有他们去拜访夏洛特的事。我猜斯塔福德·奈伊之后就跟她去了南美。至于她本人——知道她现在在哪里吗?"

"我敢说鲁滨孙先生一定知道,"阿尔塔芒勋爵说,"对吗,鲁滨孙先生?"

"她在美国。我听说她在华盛顿或者附近什么地方跟朋友们待了一段时间,然后去过芝加哥、加州,离开奥斯汀后,去拜访了一位顶尖的科学家。这就是我所了解到的最后的消息。"

"她去那儿干什么?"

"我猜,"鲁滨孙先生镇定地说,"她是想获取某些情报。"

"什么情报?"

鲁滨孙先生叹了口气。

"我也想知道是什么。我猜那应该是我们很想得到的情报,她在以我们的名义做这件事。可是我们根本不知道——她也有可能是在为另一边工作。"

他转过头望着阿尔塔芒勋爵。

"据我所知,您今晚要去苏格兰,对吗?"

"没错。"

"我觉得他不应该去,先生,"詹姆斯·克利克说,他面带焦虑地看着他的主人,"您最近身体一直不太好,先生。不管您是坐飞机还是火车,都将是一次辛苦的旅程。您就不能把这件事交给门罗或者霍舍姆去办吗?"

"到我这把年纪就没必要缩手缩脚了,"阿尔塔芒勋爵说,"如果我还能派上点儿用场,我宁愿——就像那句话说的——战死沙场。"

他对鲁滨孙先生笑了笑。

"你最好跟我们一起去,鲁滨孙。"

第二十三章　苏格兰之行

1

皇家空军中队长对他们此行的目的有点儿疑惑。他早已习惯了这种一知半解的任务。出于安全考虑，他想，要做到万无一失。他以前也曾经不止一次接到过这样的任务。把一群意想不到的人送到意想不到的地方，除了一些基本的实际问题之外，不要问任何问题。他认识此次飞行中的几名乘客，但不认识所有人。他认出了阿尔塔芒勋爵。这位勋爵身患重病、非常羸弱，一个在他看来完全是凭着坚强的意志才得以生存下来的人。他身边那个一丝不苟、长着一张老鹰脸的人估计是勋爵的特别随从，似乎是一个肯为了金钱而不顾自身安危的角色，一只随时跟在主人身边的忠诚的猎犬，他随身带着各种营养剂、兴奋剂等医疗用品。皇家空军中队长不明白他们为什么不带个医生呢？这样也可以以防万一啊！这个老人看上去就像一个死人头。一个高贵的死人头。就像博物馆里那些大理石雕塑。亨利·霍舍姆对皇家空军中队长来说很熟悉。他认识安全局里的一些人。还有门罗上校，门罗看上去比平日和善一些，确切地说是忧郁一些，总的来说并不是很开心的样子。飞机上还有一个黄脸的大块头。也许是个外国人，亚洲人？他在这儿做什么？跟这些人一起去苏格兰北部做什么？

皇家空军中队长恭敬地问穆勒上校：

"长官，东西都放好了吗？车已经备妥了。"

"这段距离具体有多远？"

"十七英里，长官，路面不平，但也不是很糟。车上多备了几条毯子。"

"记住你的指令了吗？请你重复一遍，安德鲁斯中队长。"

皇家空军中队长复述了自己的任务，上校满意地点点头。车终于开动了。皇家空军中队长在后面看着它，思忖着这些人到底为什么要风尘仆仆地穿过这片荒凉的旷野，去一个岌岌可危的古老城堡探访一位既没有朋友也没什么访客、过着隐士般生活的病人呢。他觉得霍舍姆知道这个问题的答案。霍舍姆一定知道很多奇怪的事。不过，霍舍姆什么也不会告诉他。

车子行驶得十分小心而平稳，最终开上一条青石铺就的车道，在门廊前停下来。这是一幢用巨石建造的塔楼状建筑，大门两旁挂着照明灯。未等人按门铃，大门就自动开了。

门道里站着一位六十多岁、面容冷峻的苏格兰老妇人。司机帮忙扶出车内的乘客。

詹姆斯·克利克和霍舍姆搀着阿尔塔芒勋爵下了车，走上阶梯。苏格兰老妇人站到一边，对他恭敬地行了一个礼，说道：

"晚上好，勋爵。主人正在等您，他知道您就快到了，我们已经为你们备好房间，壁炉也都生起了火。"

这时，门厅里出现了另一个人，这是一个年龄在五十岁到六十岁之间、身材高挑、相貌依然俊俏的女士。她的一头黑发从中间分开，高额头，鹰钩鼻，黝黑的皮肤。

"诺伊曼小姐会继续招待你们。"那位苏格兰老妇人说。

"谢谢你，珍妮，"诺伊曼小姐说，"注意每间卧室里的炉火，别熄了。"

"我会看好的。"

阿尔塔芒勋爵和她握握手。

"晚上好，诺伊曼小姐。"

"晚上好，阿尔塔芒勋爵。希望这趟旅行您没觉得太累。"

"这次飞行很顺利。诺伊曼小姐，这位是门罗上校，这位是鲁滨孙先生，詹姆斯·克利克爵士，还有这位是安全部的霍舍姆先生。"

"我记得霍舍姆先生，我想我们几年前见过面。"

"我没有忘记，"亨利·霍舍姆说，"那次是在莱韦森基金会，我记得那时候你已经是绍尔汉姆教授的秘书了吧？"

"我起初是他实验室的助手，然后成为他的秘书。现在仍然是他的秘书，如果他还需要的话。而且，他还需要一个护士，基本上长期住在这里。不时会有一些变动，现在的这位埃利斯小姐两天前刚刚接替了毕尤德小姐。我要她待在我们附近，以备不时之需。我想您可能希望没有外人打扰，但是她不能离得太远，万一我们需要她的话就麻烦了。"

"他的状况很糟吗？"门罗上校问。

"实际上他没什么痛苦，"诺伊曼小姐说，"不过我们得做好准备，特别是你们已经很久没有见过他了。他只剩下一个躯壳了。"

"在你带我们见他之前，可否请教一下，他的思维还没有衰竭得十分严重吧？他还能听懂我们的话吗？"

"哦，是的，他完全能听懂。但是，因为半身麻痹了，所以口齿不是很清楚，时好时坏，自己也无法走路。依我看，他的大脑跟从前一样机敏。唯一的不同就是他现在很容易疲劳。好吧，你们要不要先喝点儿什么？"

"不用了，"阿尔塔芒勋爵说，"不用了，我不想再等了。我们此次前来是有急事找他，所以现在就去见他吧。你刚才说，他知道我们要来？"

"是的，他在等你们。"丽莎·诺伊曼说。

她带头走上楼梯，穿过走廊，打开一间房门。这是一间中等大小的房间，墙上挂着挂毯，带鹿角的鹿头俯视着房间里的人。这里曾是狩猎者临时居住的小屋，其装饰和布置几乎没什么变化。房间一端摆着一台大型唱片播放机。

那个高大的男人坐在壁炉前的椅子上。他的头微微颤动着，左手也是如此。一边脸的皮肤松垂下来。不需多言，人们只能用一个躯壳来形容他。这个曾经高大、强壮的男人，他有一个饱满的前额，深深的眼窝和坚毅的下巴。浓密的眉毛下，两眼闪烁着智慧的光芒。他说了什么。声音并不微弱，而且发音很清晰，只是，很多词无法识别。他的语言能力没有完全丧失，说的话仍然可以被听懂。

丽莎·诺伊曼站在他身边，看着他的嘴唇，以便在必要时代为转达。

"绍尔汉姆教授欢迎诸位的光临，他很高兴见到诸位，阿尔塔芒勋爵，门罗上校，詹姆斯·克利克爵士，鲁滨孙先生和霍舍姆先生。他想让我告诉大家他的听力仍然很好，你们说什么他都能听到。如果有什么困难，我可以协助。他想对你们说的话也会通过我转达给诸位。如果他太累了无法发声，我可以读出他的唇语，如果还有困难，我们可以通过已经熟知的手语来交流。"

"绍尔汉姆教授，我会尽量节省时间，"门罗上校说，"以免您过度劳累。"

椅子里那个男人点了一下头,表示他知道了。

"有些问题,我可以问诺伊曼小姐。"

绍尔汉姆的一只手颤颤巍巍地抬起来,指向身边的女人。他发出一些声音,他们还是无法辨认。不过她迅速地翻译出来。

"他说他可以通过我将你们想对他说的任何事情描述给他,或者将他的意思转达给你们。"

"我相信您已经接到我寄来的信了。"门罗上校说。

"是的,"诺伊曼小姐说,"绍尔汉姆教授接到了您的来信,并且得知了信中的内容。"

这时,一位护士将门推开一条缝,但她并没有进来,而是小声说道:

"诺伊曼小姐,需要我给诸位客人和绍尔汉姆教授拿些什么东西或者做什么事吗?"

"我想暂时不需要,谢谢你,埃利斯小姐。不过我希望你能在走廊边的起居室里等着,也许等一下会需要。"

"好的,我知道了。"她轻轻地关上门,走开了。

"我们不想浪费时间,"门罗上校说,"毫无疑问,绍尔汉姆教授很关心现在的国际局势。"

"的确如此,"诺伊曼小姐说,"只要是他感兴趣的事情,他都很关心。"

"他现在还跟科学界有什么联系吗?"

绍尔汉姆教授微微摇了摇头。他自己回答说:

"我已经与这一切断绝了联系。"

"但是,你大概知道现在的世界局势吧?所谓的年轻人的革命已经取得了成功。装备齐全的青年军夺取了政权。"

诺伊曼小姐说:"他对这一切都很关心——但完全是政治上

的关心。"

"现在，整个世界都陷入了暴力、痛苦、革命主义——一种由少数无政府主义者推行的奇怪的不可思议的哲学。"

一丝不耐烦的神情掠过病人那张憔悴的脸。

"这些他都知道，"鲁滨孙先生突然说道，"没必要把所有事情重复一遍了。他什么都知道。"

他说："你还记得布伦特上将吗？"

教授又点了一下头，扭曲的嘴唇似乎露出一丝微笑。

"布伦特上将记得你曾经研究过一个科学项目——你把这个项目叫做本沃计划。"

那双眼睛里闪耀出警惕的目光。

"本沃计划，"诺伊曼小姐说，"那真是很久以前的事了，鲁滨孙先生。"

"这是你的项目，对吗？"鲁滨孙先生说。

"是的，那是他的项目。"诺伊曼小姐的代言变得更加游刃有余。

"我们不能使用核武器，不能使用炸药、毒气或者化学武器，但是，你的研究、本沃计划，我们能用。"

人们陷入一阵沉默，谁也没有说话。然后，那种怪异的、似乎被扭曲的声音再次从绍尔汉姆教授的双唇间发出来。

"他说，不错，"诺伊曼小姐说，"在这种情况下，我们的确可以成功地使用本沃计划——"

椅子上的人朝她转过身，对她说了什么。

"他要我解释给你们听，"诺伊曼小姐说，"B计划，也就是我们后来所称的本沃计划，是他潜心研究了很多年的项目，但是最终因为他个人的原因，被搁置了。"

"因为实验失败了？"

"不，他没有失败，"丽莎·诺伊曼说，"我们并没有失败。我当时也参与了这个项目。他是因为某些原因将其搁置起来，而不是失败了。实际上实验已经成功了。他的研究方向是正确的，他在各种实验室里做了实验，结果是成功的。"她又转向绍尔汉姆教授，用手碰碰嘴唇、耳朵和嘴巴，做着奇怪的手势。

"我问他是否想让我把本沃解释一下。"

"我们很想知道。"

"不过他想知道你们是怎么知道这个计划的。"

"我们是从你的一位老朋友那里知道的，绍尔汉姆教授，"门罗上校说，"不是布伦特上将，他也想不起来什么了，而是另一个人，你曾经对她提起这个计划，她就是玛蒂尔达·克莱克海顿夫人。"

诺伊曼小姐再一次转向他，看着他的双唇。她嘴边露出一丝微笑。

"他说，他以为玛蒂尔达已经过世好几年了。"

"她目前活得很好，是她想让我们来了解绍尔汉姆教授的这项发现。"

"绍尔汉姆教授会把你们想知道的事扼要地讲一讲，但是他提醒各位，也许这些东西对你们来说没什么用。关于这项发现的所有文件、公式、实验报告和证据都已经被销毁了。不过，既然你们非要知道本沃计划的内容，那我就很清楚地告诉你们，到底什么是本沃计划。大家都知道警方在镇压群众起义或者暴乱时使用的催泪弹，它可以引起流泪、眼睛刺痛和鼻窦炎等一系列反应。"

"这也是类似的武器？"

"不，完全不一样，却能达到同样的目的。科学家们认为，我们不仅可以改变人的反应和感觉，也可以改变人的性格。

"大家都知道催情药物的作用，它可以激发人的性欲。还有许多药物、气体或者腺体手术——所有这些都可以改变一个人的精神状态，例如通过对甲状腺施加一些影响，可以使人变得精力旺盛。绍尔汉姆教授想告诉诸位，我们可以通过某种操作——他现在不会告诉你们是通过腺体手术还是一种可以被制造出来的气体，但是的确有一种东西可以改变一个人对生活的期望——总体说来就是他对人和生活的反应。之前他可能有着嗜杀的倾向，或者因心理不健全而趋于残暴，但是通过本沃计划的影响，他会变成另外一个样子，或者说另外一个人。他会变得——我相信只有一个词可以来形容，而这也是本沃一词的由来——那就是慈善。他会随时想帮助别人，自然地流露爱心。他会害怕为别人带来痛苦或者让别人受到伤害。本沃可以被释放于一大片地区。如果我们可以制造出足够的剂量，并使之成功分布的话，它可以影响成千上万的人。"

"它的效果能持续多久？"门罗上校问，"二十四小时？更长？"

"你不明白，"诺伊曼小姐说，"它是永久的。"

"永久的？你是说这将改变一个人的本性，通过改变人体内的某个部分，会永久地改变一个人的性格，而且无法恢复到原来的那个自己？你是说我们无法再把他们变回原来的模样，这将是一个永久性的变化？"

"是的。一开始，这也许只是一种医学发现，但是，绍尔汉姆教授认为它可以阻止战争、大规模的起义、暴乱、革命和无政府主义。他觉得这不仅仅可以应用于医学界。这并不会让人们自己感受到快乐,而只是让他们产生一种强烈的愿望,去让别人快乐。他说,这种感觉我们每个人都曾经体会过。我们有时会强烈地希望某个人,一个人或者很多人——想让他们过得舒服、快乐、身体健康等等。既然人们可以、并且的确有过这种感受,我们相信,在我们身体里有这样一个部件控制着这种感情。而一旦我们对这个部件施加一些影响,它就会永远运转下去。"

"太棒了。"鲁滨孙先生说。

他的语气与其说是兴奋,还不如说是关切。

"太棒了。这真是一项伟大的发现。如果能够付诸实践——可是为什么?"

绍尔汉姆教授靠在椅背上的头缓慢地转向鲁滨孙先生。诺伊曼小姐说:

"他说您比其他人更明白。"

"这就是我们想要知道的,"詹姆斯·克利克说,"没错!这真是太棒了!"他脸上露出异常激动的神情。

诺伊曼小姐摇了摇头。

"本沃计划,"她说,"不可被出售,也不会被当做礼物来赠送给任何人。它已经被束之高阁了。"

"你的意思是说不行?"门罗上校不相信自己的耳朵。

"是的,绍尔汉姆教授的回答是不行。他认为这是违背——"她停下来,转头看了看椅子上那个人。他用头和手做着奇怪的动作,喉咙里发出低沉的声音。她等了一会儿,然后说,"他想告诉诸位,他担心,担心科学在产生积极作用的同时也会为人类带来意想不到的恶果。没有永远的灵丹妙药,青霉素曾经救人也曾经置人于死地,心脏移植曾经让人们的希望破灭,迎接死神来临。他见识过核裂变,见识过新式杀人工具,核辐射引发的悲剧，先进的工业发展带来的污染。他害怕科学成果落在不辨善恶、不明是非的人手上，会为人类带来浩劫。"

"可这是好事呀！对每个人都是有好处的呀！"门罗急得叫起来。

"很多事情一开始不都是这样吗？总是被认为多么好，多么神奇，后来却出现了副作用，更糟糕的是，有时候它们不仅没有带来好处，反而带来了灾难。所以，他决定放弃这个项目。他说，"她拿起一张纸，念起来，他在她身边点头表示认同——

"我很高兴自己完成了最初设立的目标并取得了成功，但我并不打算让它流入社会。我必须毁掉它，而我也是这样做的。所以，我给你们的回答是'不'。没有唾手可得的慈善，也许曾经可以，但是现在所有的公式、资料、笔记以及每一个程序的记录都已经没了——化为灰烬，我毁掉了自己亲手创造出来的成果。"

2

绍尔汉姆教授吃力地发出沙哑的声音。

"我毁掉了自己亲手创造出来的成果，没有人知道我是怎么得到它的。有个人曾经帮助我实现了这个梦想，但是他已经死了。我们取得成功的第二年，他就得肺结核去世了。你们走吧，我帮不了你们。"

"可是你的这个发现可以拯救世界啊！"

椅子上的人发出一种奇怪的声音。那是笑声，一个残疾人的笑声。

"拯救世界。拯救世界！说得真好！这就是你们所面对的那些年轻人正在做的，他们就是这么想的！他们要用暴力和仇恨来拯救这个世界，却不知道该怎么做！他们必须靠自己实现这个梦想，听从心灵的呼唤。我们不能给他们一个人造的途径。不能。人造的幸福？人造的善良？都不行。这些都不是真的，没有任何意义。这是违背自然的。"他慢慢地说，"违背上帝的意愿。"

最后这句话出乎意料的清晰。

他逐个看向他的听众，似乎在恳求他们的理解，但同时没有抱什么希望。

"我有权毁掉我创造出来的东西——"

"我很怀疑，"鲁滨孙先生说，"知识就是知识。你赋予了它生命，让它活起来，你是毁不掉它的。"

"你有权发表自己的看法，但是，也必须接受事实。"

"不。"鲁滨孙先生用力说出这个字。

丽莎·诺伊曼愤怒地转头瞪着他。

"你说'不'是什么意思？"

她的双眸闪烁着光芒。好一个俊美的女人，鲁滨孙心想。一个可能一生都爱着绍尔汉姆教授的女人。她爱他，和他一起工作，现在则陪在他身边，用她的智慧照顾他，一心一意地奉献自己，这其中看不到一丝一毫的怜悯。

"人这一辈子总是要经事的，"鲁滨孙先生说，"我并不认为自己能长久于世，我的负担太重了。"他低头看看自己鼓鼓的肚子，叹了口气，"但我也算是见过世面的。我是对的，这一点你很清楚，绍尔汉姆。而你也不得不承认我是对的。你是一个诚实的人。你不会毁了自己的成果。你不会允许自己那么做。你只是把它们锁了起来，或者藏在某个地方，也许不在这幢房子里。我猜，我只是猜，你可能把它锁在了某个保险柜或者银行的保管箱里。而她知道你把它放在哪儿了。你信任她，她是这个世界上你唯一信任的人。"

绍尔汉姆开口了,这一次,他几乎可以称得上口齿清晰:

"你到底是谁?你到底是什么人?"

"我只是一个精通生财之道的商人,"鲁滨孙先生说,"以及那些跟钱有关的事。人,他们的性情,以及他们的工作。只要你愿意,你随时可以重操旧业。我并不是说你现在还能做跟以前一样的事,但是它就在某个地方。你向我们阐述了你的观点,而我不会说你的观点都是错的。"鲁滨孙先生说。

"也许你是对的。那些所谓的对人类有好处的东西是很复杂的。可怜的贝弗里奇[①],消除需求,消除恐惧,消除一切,他以为自己这么说、这么想、这么做就可以把这个世界变成天堂。但是这个世界没有变成天堂,我也不认为你的本沃还是什么别的名字——这听上去就像某个牌子的食品——可以让这个世界变成天堂。慈善也会像其他事物一样有它危险的一面,而它能做的就是为人类消除大量痛苦、无政府主义、暴力、对毒品的依赖。是的,它会减少很多不好的事情,而且可能会消除一些重要的东西。可能,只是可能,改变人类,改变年轻人。你的这个本沃——看我都把它说成一种专利清洁剂了——会让人们变得友善,我承认这也许会让他们裹足不前,不求上进,但是也有可能,如果我们强行改变人们的性格,并让他们一直保持这种状态,直至生命结束的那一天,他们当中也许会有一两个,不会很多,会发现自己度过了一个自然的假期,并为自己被迫做的那些事惭愧不已;而非骄傲不已。我的意思是,他们在生命走到尽头之前真的改变了自己,却无法再改变他们的新习惯了。"

[①] 贝弗里奇(Beveridge, 1879—1963),福利国家的理论建构者之一。

门罗上校说:"我真弄不明白你到底在说什么。"

诺伊曼小姐说:"他在胡言乱语。你们必须接受绍尔汉姆教授的回答。他有权处理自己的研究成果,你们无权干涉,也不能强迫他!"

"不,"阿尔塔芒勋爵说道,"我们不会逼你,也不会折磨你,罗伯特,也不会强迫你说出收藏文件的地点。你有权做你认为对的事,我保证。"

"爱德华?"罗伯特·绍尔汉姆说。他的声音又变得有些不可辨认,他打着手势,诺伊曼小姐迅速地将他的意向转达出来。

"爱德华?他说你是爱德华·阿尔塔芒吗?"

绍尔汉姆又说话了,她接过他的话。

"他问你,阿尔塔芒勋爵,你是否真心想让他把本沃计划交给你来处理。他说——"她停下来,一边看着他打手势,一边说,"他说,你是他在外面的世界里唯一信任的人。如果这真的是你的要求——"

詹姆斯·克利克突然站起来,匆忙地迅速站到阿尔塔芒勋爵的椅子边,速度快得犹如闪电。

"让我扶您一把,勋爵,您病了。您看上去不太好。请你退后一点儿,诺伊曼小姐。我……让我来。我——我带着他的药,我知道该怎么办——"

他的手伸进口袋,拿出一支注射器。

"他得马上打一针,否则就太迟了——"他已经抓起阿尔塔芒勋爵的手臂,卷起他的衣袖,用手指捏起他的皮肤,准备注射。

但是另一个人冲了过来。霍舍姆推开门罗上校,冲过来,一把抓住詹姆斯·克利克的手,同时把注射器扭到一边。克利克挣扎着,但霍舍姆太强壮了,门罗上校此时也赶了上来。

"原来是你,詹姆斯·克利克,"他说,"原来你就是我们的内奸,一只披着羊皮的狼。"

诺伊曼小姐此时已经跑到门边——她把门推开,大声喊着。

"护士!快来,快来。"

护士来了,她迅速瞥了一眼绍尔汉姆教授,但是后者挥了挥手,指了指对面在霍舍姆和门罗的扣押下仍在挣扎的克利克。她的手伸进制服口袋。

他结结巴巴地说:"是阿尔塔芒。心脏病。"

"心脏病才怪,"门罗吼道,"这是蓄意谋杀。"他停住了。

"按住他。"他对霍舍姆说,然后一步跃到门口。

"柯曼太太?你什么时候当上护士了?自从上次在巴尔的摩让你溜走后,我们就失去了你的踪迹。"

米莉·琼的手一直在口袋里摸索着,突然掏出一只小型自动手枪。她朝绍尔汉姆的方向瞄了几眼,但是门罗挡住了她,而诺伊曼小姐此时也站在绍尔汉姆的椅子前。

詹姆斯·克利克突然扯开嗓门叫道:"打阿尔塔芒,胡安妮塔——快——打阿尔塔芒。"

她迅速抬起手臂,开了枪。

詹姆斯·克利克说:

"打得好!"

阿尔塔芒勋爵受的是古典教育,他看着詹姆斯·克利克,虚弱地轻声说道:

"詹米?还有你?①"然后身子一软,瘫在椅子上。

3

麦库劳克医生看看他的周围,有点儿不知道该做些什么或者说些什么。这个晚上的经历对他来说有点儿不同寻常。

丽莎·诺伊曼朝他走过来,在他身边的茶几上放下一只杯子。

"来杯热棕榈酒吧。"她说。

"丽莎,我一直觉得你是一个不可多得的女人。"他感激地小口喝起来。

"我很想知道这到底是怎么回事——不过我猜这件事是要保密的,所以你们没有人会告诉我。"

"教授……他还好吧?"

"教授?"他和蔼地看着她那张焦虑的脸,"他很好。而且,让人意想不到的是,这反而让他好起来了。"

"我还以为他遭到这种惊吓会……"

"我的确很好,"绍尔汉姆说,"惊吓治疗正是我需要的。我感觉,该怎么说呢,又活过来了。"他显得十分诧异。

麦库劳克对丽莎说:"你听他的声音,是不是有力多了?这种病最大的敌人就是心理上的自暴自弃。他现在想重新回到工

---

①原文为"Et tu, Brute?"这是一句拉丁语名言,被后世普遍认为是罗马共和国晚期执政官、独裁官尤利乌斯·恺撒临死前说的最后一句话。中文意为"也有你的份吗,布鲁图?"被广泛用于西方文学作品中,用于指代背叛。公元前四十四年,恺撒被一班反对君主制的罗马元老院议员刺杀,行刺者包括他最宠爱的助手、挚友和养子——马尔库斯·尤利乌斯·布鲁图。当恺撒最终发现布鲁图也拿着匕首扑向他时,他绝望地说出了这句遗言,放弃了抵抗,身中二十三刀,倒在庞培的塑像脚下气绝身亡。

作中去——让他的脑子受受刺激。音乐固然很好——这可以使他保持平静，过一种平静的生活。但他骨子里却蕴藏着无尽的才华——而且他怀念曾经在他生命中占有至关重要地位的脑力活动。如果可以，尽量帮助他重新开始他的工作吧。"

他对她肯定地点点头，而她则满脸狐疑地看着他。

"我觉得，麦库劳克医生，"门罗上校说，"我们该对你解释一下今天晚上发生的事情，虽然就像你所说的，上面需要保密。阿尔塔芒勋爵的死——"他迟疑了一下。

"杀死他的并不是子弹，"医生说，"死亡的原因是惊吓过度。注射器里的番木鳖碱也能置他于死地。那个年轻人——"

"还好，我及时把它从他手里打掉了。"霍舍姆说。

"一直是他在里面搞鬼？"医生问道。

"是的，这七年多来，我们是那么信任他、爱护他。他是阿尔塔芒勋爵一个老朋友的儿子——"

"世事难料。还有那位女士——跟他是一伙的吧？"

"是的，她用假证件混了进来。她还是警方正在通缉的杀人犯。"

"杀人？"

"是的。她杀害了自己的丈夫，美国大使山姆·柯曼。她在大使馆门前的台阶上射杀了他——然后谎称几个蒙面的年轻人袭击了他。"

"她为什么要杀死他？是政治原因还是个人原因？"

"我们认为大概是因为他发现了她的一些事。"

"要我说，是他怀疑她背叛了他们，"霍舍姆说，"结果却发现他的大使馆竟然是间谍与阴谋的大马蜂窝，而他太太竟是其中的主脑。他不知道该怎么处理这件事。柯曼先生人真是不错，只可惜脑筋转得太慢了——她却是个眼疾手快的人。追悼会上她那副痛不欲生的样子，真是叫人佩服！"

"追悼——"绍尔汉姆教授说。

每个人都露出一丝惊讶，转身看着他。

"追悼，是的，没错。丽莎，我们得重新开始工作了。"

"但是，罗伯特……"

"我又复活了。不然你问问医生，我是否还应该再懒洋洋地过日子。"

丽沙询问地望着麦库劳克。

"如果再这样下去，你就没有多少日子好活了，然后又陷入自暴自弃的深渊……"

"你听，"绍尔汉姆说，"流——流行——今天就流行这种疗法。让每个人，哪怕是那些……在死亡边缘的人，继续工作吧。"

麦库劳克医生笑着站起身。

"有点儿道理。我会再给你送些药来。"

"我不会吃的。"

"你一定要吃。"

医生走到门口又停下来。"还有一件事。你们怎么那么快就叫来了警察？"

"皇家空军中队长安德鲁斯掌控着一切，"门罗说，"才能让警察准时赶到。我们知道这个女人就在附近，只是没想到她已经混了进来。"

"哦，是这样啊，我得走了。你跟我说的都是真的？间谍、谋杀、背叛、阴谋、科学家——这一切简直就像一部恐怖电影，而我觉得自己好像看到一半睡过去了，而且随时会从梦中醒过来。"

医生走了。

屋内一片寂静。

绍尔汉姆教授缓慢而清晰地说道：

"开始工作——"

丽莎重复着女人们常说的话：

"你要慢慢来，罗伯特——"

"不，不能慢慢来。时间可能不多了。"

他停了停，接着又说：

"追悼——"

"你想说什么？刚刚你也说了一次。"

"追悼？是的，为爱德华。追悼他！我一直都觉得他天生一副烈士的模样。"

绍尔汉姆似乎陷入了沉思。

"我想找到戈特利布。他可能已经死了。真是个好搭档，他，还有你。丽莎——去把那些东西从银行里取出来吧——"

"戈特利布教授还活着，他现在在得克萨斯州奥斯汀的贝克基金会。"鲁滨孙先生说。

"你到底想干什么？"丽莎问。

"当然是恢复本沃计划了！作为对爱德华·阿尔塔芒的追悼。他是为了这个项目才牺牲的，不是吗？没有人会白白牺牲！"

后　记

斯塔福德·奈伊爵士拟好了一份电报,这已经是第三稿了。

婚礼已定于下周四下午二时于斯汤顿圣克里斯托弗教堂举行普通英国教堂仪式如需天主教或希腊东正教仪式请电报告知你在哪里希望在婚礼上用何名五岁淘气但可爱侄女西比尔愿担任伴娘国内蜜月因我觉得我们最近旅行太多署名法兰克福过客

致斯塔福德·奈伊:

同意西比尔任伴娘建议玛蒂尔达姑婆任首席女傧相也同意结婚虽未正式求婚英教很好蜜月安排亦如此要求带上熊猫因你见信时我已不在此地故多说无益署名玛丽安

"我看上去还行吧?"斯塔福德·奈伊扭着脖子,望着镜中的自己,紧张地问道。

他正在试穿结婚礼服。

"不比其他新郎差,"玛蒂尔达夫人说,"他们总是很紧张。新娘就不会,她们一点儿都会不掩饰自己的幸福。"

"您说她会不会不来？"

"她会来的。"

"我觉得……我觉得……有一种怪怪的感觉。"

"那是因为你少吃了一份肥鹅肝酱饼。新郎都会紧张的，别小题大做了，斯达菲，到了那天晚上就好了，我是说进了教堂就好了。"

"这倒提醒我了——"

"你不会是忘了买结婚戒指吧？"

"不，不。只是忘了告诉您，我还为您准备了一件礼物，玛蒂尔达姑婆。"

"哦，宝贝儿，你真是太好了。"

"您上次说教堂里的风琴师走了——"

"是的，谢天谢地！"

"我给您带来了一位新的风琴师。"

"真的吗？斯达菲，这个主意真是太棒了！你是从哪里找来的？"

"巴伐利亚，他的歌声如同天使一般。"

"我们不需要他唱歌，他得会弹风琴才行。"

"这个也没问题，他是一个多才多艺的音乐家。"

"他为什么要离开巴伐利亚来英国呢？"

"他的母亲去世了。"

"哦，我的天！上一个风琴师也是这样。风琴师的母亲怎么都这么脆弱？他需要母爱吗？这方面我可不行。"

"我敢说，如果能有个祖母或者曾祖母，他就非常知足了。"

这时房门突然打开了，门口站着一个穿着粉红色睡衣的小姑娘，她的脸颊泛着红晕，俨然一个从天而降的小天使。

"是我。"

她发出甜美的声音,仿佛在等待观众的热烈欢迎。

"西比尔,你怎么还不睡觉?"

"房间里的气氛不太好——"

"这么说你又淘气捣蛋,惹保姆生气了?你又干什么了?"

西比尔望着天花板,咯咯地笑起来。

"只是一条毛毛虫——一条毛茸茸的毛毛虫。我把虫子放到她身上,它就爬到她的这里面去了。"

西比尔用手指在她的胸前比画着,如果用专业术语来说,那里指的应该是"乳沟"。

"难怪保姆要生气了,你这个孩子。"玛蒂尔达夫人说。

这时保姆进来了,她说西比尔小姐太兴奋了,不肯祈祷,也不肯上床睡觉。

西比尔蹭到玛蒂尔达夫人身边。

"我想跟你一起祈祷,婆婆——"

"好啊——不过祈祷完马上就去睡觉。"

"知道啦,婆婆。"

西比尔跪下来,双手握紧,然后发出一连串奇怪的声音,好像是进入正式祈祷之前的必要准备似的。她叹了口气,呻吟着,嘟嘟囔囔地不知道说着什么,然后抽抽鼻子,开始了祈祷:

"上帝,请保佑新加坡的爸爸和妈妈,还有婆婆、斯达菲叔叔、艾米、厨师、艾伦、托马斯和所有狗狗,还有我的小马灰灰,还有我的好朋友玛格丽特和黛安娜,还有我最近认识的新朋友琼。保佑我做一个乖女孩,阿门。还有,请上帝把保姆变得和蔼些。"

西比尔站起来,胜利般的望着保姆,道过晚安后就一溜烟跑开了。

"真该有人给她讲讲本沃,"玛蒂尔达夫人说,"对了,斯达菲,你的伴郎呢?"

"我都忘了,一定要有吗?"

"通常都有的。"

斯塔福德·奈伊爵士抓起一只毛茸茸的动物玩具。

"那就让熊猫来当我的伴郎吧——西比尔高兴,玛丽安也高兴——何乐而不为呢?熊猫从一开始就在——从法兰克福开始……"

Passenger to Frankfurt
Copyright © 1970 Agatha Christie Limited. All rights reserved.
Letter for Chinese Reader, New Star Edition by Mathew Prichard © 2013 Mathew Prichard.
Translation © 2023 arranged by New Star Press, Agatha Christie Limited. All rights reserved.
www.agathachristie.com
AGATHA CHRISTIE, *Agatha Christie*® and the AC Monogram Logo are registered trade marks of Agatha Christie Limited in the UK and elsewhere. All rights reserved.
Published by agreement with ACL.
Simplified Chinese edition copyright: 2023 New Star Press Co., Ltd.

图书在版编目（CIP）数据

天涯过客 /（英）阿加莎·克里斯蒂著；谢媛媛译 . —— 北京：新星出版社，2023.6
（阿加莎·克里斯蒂侦探小说全集：精装典藏版）
ISBN 978-7-5133-4914-7

Ⅰ . ①天… Ⅱ . ①阿… ②谢… Ⅲ . ①侦探小说 – 英国 – 现代 Ⅳ . ① I561.45

中国国家版本馆 CIP 数据核字 (2023) 第 054509 号